내 꿈의
플레이리스트

내 꿈의 플레이리스트

가장 보통의
나를
특별하게
기록하는 법

홍이영 지음

자음과모음

차례

프롤로그

"여러분, 안녕하세요. 올해 3학년 2반의 담임을 맡게 된 홍이영 선생님이에요. 새 학기라 설레기도 하고 긴장도 될 텐데 선생님과 함께 1년 잘 보내면 좋겠어요."

몸을 움츠러들게 하는 추운 겨울이 지나고 꽃봉오리가 올라오는 3월, 새 학기를 맞이하는 학교에서 늘 듣는 말이지 않니? 맞아. 설렘과 긴장감이 뒤엉킨 복잡한 마음으로 새 학년 새 학기를 맞이하는 내가 첫날 교실에 들어가면 전하는 말이기도 해.

다들 내 직업이 무엇인지 알아챘지? 나는 학생들을 칭

찬과 격려로 응원하기도, 때로는 따끔하게 지도하기도 하며 하루 대부분의 시간을 학생들과 함께 보내는 고등학교 영어 교사야. '교사'라는 직업을 들으니 어떤 것 같아? 혹시 보수적이고 고리타분한 이미지가 떠올라서 앞으로의 이야기에 대한 흥미가 팍 식어 버린 건 아니지? 그렇다면 조금만 더 읽어 볼래? 내게는 교사 외에도 직업이 더 있거든!

나를 소개할 수 있는 또 다른 직업은 바로 '유튜버'야. 어떻게 두 가지 직업을 갖게 됐는지 궁금할지도 모르겠어. 사실 유튜브 채널을 운영하게 된 건 학생들을 위한 일이었다기보다 나 자신을 위한 일이었어. 임용 고시에서 여러 번 낙방하고 기간제 교사로 일하면서 뭐라도 해 봐야겠다는 생각으로 내 일상을 기록하는 브이로그를 올리기 시작했거든.
'교사 말고 유튜버 해야지!'라는 엄청난 패기가 있던 것은 아니야. 그냥 하루하루 열심히 살아가는 일상을 생동감 있게 기록하고 싶었는데, 조금씩 구독자가 늘어나고 경험이 쌓여 가면서 자연스럽게 학생들과 나눌 이야기도 많아지더라고. 그게 교사인 내게 무엇보다 매력적이었지. 유튜브를 시작으로 학생들과 더 가까워지고 싶은 마음에 평소에는 그냥 지나쳤던 아이돌 노래와 영상을 찾아보기도 하고, 축구나 게임 기사도 세심하게 살폈어. 유튜버라는 또 다른 직업 덕분에 학생들과 친밀해지는 것뿐만 아니라, 각자가 가지고 있는 다양한 고민에 보다 깊게 고민하고 소통할 수 있게 되었지.

물론 유튜버가 되었다고 해서 학생들을 다 이해할 수 있는 것은 아니야. 하지만 유튜브를 하기 위해선 새로운 일을 시도하는 용기와 빠르게 변하는 콘텐츠에 대한 관심, 시작한 일을 꾸준히 이어 나갈 수 있는 끈기가 필요하거든. 이러한 경험 덕분에 학생들의 진로 고민에, 새로운 도전에 진심 어린 용기와 응원을 건넬 수 있게 되었어. 게다가 '유튜버 선생님'이라는 타이틀은 학생들의 호기심을 돋우기에 안성맞춤이더라고. 수업 시간에 꾸벅꾸벅 졸다가도 유튜브 이야기가 나오면 언제 그랬냐는 듯 반짝이는 눈빛으로 집중하곤 하니까.

교사, 유튜버 그리고 너희들이 읽고 있는 이 책의 작가까지. 여러 직업을 가지고 있는 나를 보며 대단한 사람이라고 생각할지도 모르겠어. 물론 세 직업을 병행하는 것은 결코 쉬운 일이 아니야. 매일 학교에 출근하고, 영상을 편집하고, 글을 쓰다 보면 하루가 어떻게 지나가는지 모를 정도로 빠르게 흐르거든. 그렇더라도 여러 직업을 가진 것에 대해 후회하는 마음은 없어. 도전하면서, 여러 직업을 경험하면서 겪었던 시행착오와 실패 들이 날 성장시켰기 때문이야. 그 값진 시간을 너희들과 함께 나누고 싶어서 이렇게 에세이를 쓰게 되었어.

고등학교를 졸업한 지 시간이 한참 지났음에도 불구하고, 학교에서 만나는 학생들의 고민이 한때 내가 했던 고민들과 크게 다르지 않음을 느낄 때가 많아. 내가 좋아하는 일은 무엇인지, 어떤 전공을 선택해야 하는지, 취업은 할 수 있을지 등등. 그때의 나는 오직 단 하나의 길만 선택해 그 안에서 완벽하게 해내야만 성공한 삶이라 생각했지. 하지만 다양한 직업들의 당사자가 되어 보니 꼭 그렇지만은 않다는 것을 알게 되었어. 좋아하는 일들을 조금씩 잘 섞어 나가다 보니 직업 그 이상의 의미를 발견하게 되었거든. 살아가는 동안 끊임없이 마주하게 되는 고민들 앞에 나의 실패와 좌절의 경험들이 너희들이 나아갈 여정에 도움이 되었으면 좋겠어.

학교에서 수업을 듣다 보면 선생님께서 교과서 바깥의 이야기를 들려주실 때가 있잖아? 그 순간처럼 마지막 페이지까지 나의 이야기를 즐겁게 읽어 주길 바라.

1장
선생님은 유튜버

학교에서 학생들과 대화를 나누다 보면 다양한 주제의 질문을 받을 때가 있어. 꼭 공부나 시험에 관한 게 아니더라도 궁금한 게 많을 때잖아. 그중에서도 잊을 만하면 받는 질문은 이거야.

"선생님은 왜 선생님이 됐어요? 예전부터 선생님이 되고 싶었어요?"

어찌나 명랑하고 순진한 눈빛으로 질문을 하는지! 그래서 같은 질문을 받더라도 이전에는 들어 본 적 없는 것처럼 느껴져. 그때마다 내 대답은 한결같아.

"아니, 선생님도 선생님이 될 줄은 전혀 몰랐어!"

전혀 반대의 대답이 나올 거라고 생각한 사람도 있겠지? 처음부터 교사가 되고 싶어서 이 직업을 선택한 거라고 말이야. 어떤 직업을 가진 사람을 보면 고민의 과정 없이 확신을 갖고 그 길을 선택해서, 탄탄한 계획을 거쳐 이룬 것처럼 보이기도 하잖아. 솔직하게 고백하자면 나는 학창 시절 중 한 번도 진로 희망 란에 '교사'라고 적어 본 적이 없어. 물론 학교 선생님들을 좋아하고 잘 따르곤 했지만 나 자신이 교사가 되는 것은 전혀 다른 영역이었지.

조금 의아할지도 모르겠어. 교사가 되겠다고 생각한 적 없던 내가 지금은 이렇게 학교에서 아이들을 가르치고 있으니까. 예전의 내가 미래의 나를 볼 수 있었다면 정말이지 깜짝 놀랐을 거야.

학창 시절의 나는 좋아하는 것도, 하고 싶은 것도 많았지만 그렇다고 해서 일찍이 특정한 직업인이 되고자 했다거나 선명한 목표를 가지고 있던 건 아니었어. 어떤 분야에 흥미를 느낀다고 해서 그것만으로 먹고살기가 힘든 세상이란 말을 많이 들어서 그런지, 나의 관심사를 돈을 버는 '직업'으로 연결하는 게 쉽지 않았거든. 거기다 매일 학교와 집, 학원을 오가는 반복적인 일상을 지내다 보니 평소에 알고 있는 직업의 폭도 좁을 수밖에 없었지.

막연했던 진로 고민을 제대로 마주하게 된 건 대학 입시가 가까워지기 시작할 무렵이었어. 그전까지는 먼일이라고 여기며 크게 걱정하지 않다가, 학교와 전공을 결정할 시기가 되자 '나는 대체 뭘 하고 싶은 거지?' 하는 질문을 처음으로 하게 됐던 거야. 고등학교 1학년 때부터 3학년까지 내내 같은 반이었던 친구는 어릴 적부터 성악을 해서 성악과로 진학하려고 준비 중이었는데, 그 친구가 그렇게 부러울 수 없었어. 복잡하게 고민하지 않고 자신만의 길을 향해 달려가는 게 무척 대단하고 멋져 보였거든. 아무것도 정해지지 않아서 우왕좌왕하던 그때의 나에겐 찾아볼 수 없는 그 친구의 확신이 무엇보다 부러웠던 시기였어.

그래서 나 자신이 뭘 좋아하고, 배우고 싶은지를 알아보자고 마음먹었어. 세상에는 수없이 많은 직업이 있고 그중에 내가 모르는 건 그보다 더 많을 테니, 우선 내가 배우고 싶은 것을 가르쳐 주는 곳에 진학해야겠다는 생각을 한 거야. 그러고는 질문했지.

- 내가 좋아하는 것은?
- 내가 배우고 싶은 것은?
- 내가 흥미를 느끼는 것은?

너희들에게도 익숙한 질문일 거야. 만약 한 번도 해 본 적이 없다면 지금이라도 자신에게 물어 보는 시간을 갖길 바랄게. 나 자신이라고 해서 나에 대해 모든 걸 완벽하게 알고 있는 건 아니거든. 그래서 어떤 꿈과 목표를 정하기 위해서는 내가 어떤 사람인지 아는 게 제일 중요해.

나에게 맞는 직업을 찾는 것은 그렇게 쉬운 일이 아니야. 때문에 다양한 관점에서 나를 탐색하고 살펴봐야 하지. 나에 대해 알아 가는 일은 당장 입시를 위한 준비가 아니더라도 앞으로 어떤 '나'로 살아갈지 방향을 정하는 데에도 많은 도움이 되거든.

나는 학교에서 배우는 과목 중 가장 흥미 있는 과목이

무엇인지 생각했어. 눈치챘을지도 모르겠지만 나는 수학, 과학 과목에 정말 약했어. 그래도 수학만큼은 잘하고 싶어서 열심히 매달렸는데 아쉽게도 학교 성적은 마음처럼 따라 주지 않았지. 태생부터 나랑은 잘 안 맞는 느낌이랄까?

한편 새 학기가 되어 새로운 국어 교과서를 받을 때면 먼저 재미있는 이야기를 찾아 휘리릭 읽을 정도로 국어 과목을 좋아했어. 다양한 언어와 문화를 배우는 것에도 관심이 많아서 영어나 제2외국어로 배웠던 프랑스어도 좋아했지. 사회·역사·지리 같은 과목에도 관심이 많았어.

이렇게 좋아하는 과목을 정리한 뒤 이어서 했던 일은 여러 대학교 홈페이지에서 학과 커리큘럼을 보는 거였어. 일반적으로 대학교 홈페이지에는 각 학과에서 어떤 것을 배우고, 졸업 후에는 어떤 진로로 나아가는지 자세히 설명되어 있어 진로를 결정하는 데 도움이 되거든.

그런 과정을 지나 나는 외국어를 배우는 학과에 가겠다고 다짐했어. 외국어를 배우는 것을 좋아하기도 하고, 여러 언어를 할 줄 아는 건 미래에 나만의 경쟁력이 될 수 있다고 생각했어. 학교 홈페이지에서 봤던 졸업 후 진로 중 통역과 번역, 외국계 회사, 국제 전시 등에도 흥미를 느꼈지.

내가 선생님이 될 거라고 전혀 생각지도 못했다고 말했던 거 기억나니? 대학교에 입학할 때까지도 교사가 되겠다는 생각은 내 선택지에 없었어. 우선 새로운 언어를 배우겠다는 마음으로 진학한 거였으니까. 그러다 보니 어려운 강의도 재밌게 느껴지더라. 고등학교 때는 흥미 없는 과목도 필수로 들어야 해서 힘들었는데 말이야.

강의를 즐기게 되니 자연스럽게 성적이 좋아졌어. 덕분에 교직 과정 이수 자격을 얻게 되었지. 교직 과정을 이수하면 중고등학교에서 학생들을 가르칠 수 있는 교원 자격증을 취득할 수 있게 돼. 사실, 이때까지도 교직 이수를 하고 선생님이 되어야겠다는 계획은 없었어. 단지 주어진 기회이니 한번 경험해 보자, 하는 마음에 가까웠지. 그 마음을 바꾸게 된 건 대학교 4학년 때 나갔던 교생 실습 때문이었어.

교직 과정의 하이라이트라고 할 수 있는 교생 실습이란, 4주간 실제 학교로 파견을 나가 학생들도 만나고 직접 수업도 해 보며 교육 현장을 경험하는 거야. 나는 벚꽃잎이 흩날리고 설렘으로 가득한 4월에 내가 졸업한 중학교로 교생 실습을 나갔어. 내가 담당한 반은 1학년이었는데, 그해 2월에 초등학교를 졸업하고 3월에 갓 중학생이 된 귀엽고 사랑스러운 아이들이었지. 교생 실습을 하며 힘든 부분도 많았지만 학생들의 귀엽고 생기 넘치는 모습에 많이 위로받고 힘을 얻었어. 무엇보다 그 과정에서 내가 학생들과 수업하고 소통하는 것을 좋아한다는 걸 알게 됐어. 가르치는 보람과 즐거움을 발견하게 된 거야.

시간은 쏜살같이 흘러 실습 마지막 날이 됐어. 학생들이 한 글자 한 글자 꾹꾹 눌러쓴 편지를 예쁜 상자에 가득 담아 전해 주었는데, 처음 느껴 보는 감동이었어.

그때 결심했지. 교사가 되어야겠다고 말이야.

실습을 마치고 돌아온 나는 지금껏 방황하며 갈피를 잡지 못했던 진로 고민을 접고 교사가 되기 위한 과정에

본격적으로 돌입했어. 임용 고시를 준비하기로 한 거지. 교직 이수 과정 동안 떠올렸던 '교사가 되면 어떨까' 하는 막연한 생각이 실습을 하면서 그제야 구체적으로 방향이 잡히기 시작했어. 물론 앞서 말했듯 교사가 되는 과정 또한 쉽지 않았기 때문에 나의 계획이 순순히 흘러가진 않았지. 그런데 진로에 대한 불확실한 계획이 교사라는 자리까지 이끌어 준 것처럼, 교사가 되기 위해 노력했던 과정 또한 유튜버와 작가가 되도록 발판이 돼 주더라고. 나의 경우처럼 언제, 어디서, 어떻게 기회가 올지는 아무도 모르는 거야!

　나는 학교에서 학생들과 진로 상담을 할 때면 지금 당장 직업을 선택해야 한다고 강요하지 않아. 나 역시 처음부터 교사가 되고자 대학교에 진학한 건 아니었으니까.
　미래에 대해 고민하고, 방황하는 건 당연한 일이야. 그럼에도 자신이 무엇을 좋아하는지, 무엇을 배우고 싶은지 스스로에게 적극적으로 물어보는 시간은 꼭 갖길 바라. 누구에게든 아주 조금이라도 다른 것보다 더 관심 가는 대상이 있기 마련이고, 그 작은 흥미가 새로운 방향으로 길을 열어 주는 중요한 단서가 되기도 하니까.

어때, 기대되지 않아? 내 삶이 어떤 방향으로 흘러갈지 말이야.

고시생에서 기간제 교사가 되기까지

교사가 되기로 마음을 굳힌 후, 이제 모든 게 다 탄탄대
로라고 생각했어. 금방이라도 교단에 서서 학생들을 가
르칠 수 있을 줄 알았지. 하지만 늘 그렇듯 현실은 수월하
게 흘러가지 않았어.

국공립학교 교사를 선발하는 임용 고시는 1년에 한 번
있는 시험으로, 1차 필기시험과 2차 수업 실연 그리고 면
접으로 이루어져 있어. 1차 필기시험은 논술형과 기입형
·서술형으로 구성되어 있는데 외국어 과목의 경우 해당
외국어로 시험을 준비해야 한다는 부담감이 있지. 경쟁
률도 높고 쉽지 않은 시험이라는 것은 익히 들어서 알고

있었지만, 이상하게 자신감이 가득 찬 나는 잘될 거라고 희망 회로를 돌렸어.

그 후 동네 독서실에 가서 아침 일찍부터 밤늦게까지 공부를 하고 집으로 돌아오는 일상이 시작됐어. 대부분의 시간 동안 혼자서 공부를 하다 보니 하루에 몇 마디 말도 안 하는 날이 많았는데, 지금 돌이켜 보면 이때가 가장 외롭고 힘들었던 순간이었던 것 같아. 몇 달 내내 하루 종일 공부만 하는 건 고등학교 3학년 이후로 처음이었거든. 공부하는 내용은 머리가 아프도록 어렵고, 내가 잘하고 있는지도 잘 모르겠고, 주변에는 의지할 친구도 없다 보니 혼자 이겨 내야 하는 싸움의 연속이었지.

한번은 추석 연휴에 독서실 근처의 식당들이 다 문을 닫아서 편의점 도시락을 사 먹어야 했던 때가 있었어. 그런데 그날따라 이상하게 유독 외롭고 서글픈 감정이 울컥 올라오는 거야. 가족들이 다 모이는 추석에 나도 함께 맛있는 음식을 먹고 담소를 나누며 즐겁게 시간을 보내고 싶은데, 홀로 독서실에서 공부를 해야 하는 상황이 그저 쓸쓸하고 서러웠지.

그런 시간을 견디며 처음 도전했던 첫 시험에서 나는 터무니없는 점수로 불합격했어. 첫 도전부터 곧바로 합격하길 꿈꾼 건 아니었지만, 그렇다고 불합격을 바라며 공부한 것도 당연히 아니었지. 눈앞의 화면에 떠 있는 '합격자 명단에 없습니다'라는 문구를 보고 있으니 눈물이 안 나올 수가 없더라. 하지만 한 번만 도전하고 그만둘 생각은 아니었기 때문에 곧바로 다음 해에 재시험을 준비했어.

첫 시험을 준비하며 겪었던 외로움이 컸던 탓에 두 번째 해부터는 혼자 있는 독서실이 아닌 사람들이 오가는 동네 도서관과 학교 도서관에서 공부를 했어. 내가 어떤 부분에서 부족했는지 파악하고 보충하면서 또다시 최선을 다해 1년 동안 공부했어.

그리고 결과는? 또 한 번의 불합격. 첫 시험 때보다는 성적이 오르긴 했지만 합격선에는 미치지 못하는 점수였지. 두 번째 시험에서도 불합격을 하자 다시 책상 앞에 앉을 자신이 없더라. 그런 와중에 지인들의 합격 소식을 접하니 과연 내가 다시 도전해서 붙을 수 있을까 하는 불안감이 엄습했어. 더 늦기 전에 다른 직종으로 취업을 해야 하는 건 아닌지, 구직 사이트를 뒤적거리는 나날이 이어졌지.

그렇게 고민을 하고 있던 내게 엄마가 이렇게 말씀해 주셨어.

"이영아, 엄마가 먼저 인생을 겪어 보니 무언가를 소망하고 노력하는 시간은 당장 이루어지지 않더라도 차곡차곡 쌓이더라.

네가 교사가 되고 싶다는 생각이 여전히 간절하다면, 노력하고 실패하는 시간이 헛되지 않으니 계속 도전해 봤으면 좋겠어. 엄마가 적극적으로 지원해 줄게."

엄마의 말씀에 용기를 얻은 나는 다시 한번 시험에 도전하기로 했어.

학생들이 좀 더 건강하고 단단한 마음으로 세상에 나아갈 수 있게 돕는 좋은 어른이자 좋은 교사가 되고 싶다는 마음에 결심한 꿈인데, 그 꿈을 포기하기에는 아직 이르다는 생각이 들었거든. 지금 포기한다면 나중에 후회가 남을 것 같았어.

그렇게 나는 세 번째 시험을 준비하게 되었지.

자, 결과는 어떻게 되었을까?

합격했다면 더할 나위 없이 멋진 성공 스토리가 되었겠지만 역시나 이번에도 불합격. 세 번째 시험까지 낙방하자 다잡았던 마음이 또 흔들리기 시작하더라. 후회하지 않으려고 선택한 길인데 계속해도 되는 걸까, 언젠가 붙기는 할까, 불안했어.

아무리 부모님께서 지원해 주신다고 하더라도 한 살씩 나이를 먹어 가고 있고, 변변한 수입도 없는 상태에서 막연하게 시험만 준비할 수는 없었어. 그렇다고 시험을 그만두고 싶지는 않았어. 학교에서 학생들을 만나고 싶은 마음이 간절했거든.

그러던 중 나는 기간제 교사라는 새로운 길을 떠올리게 돼. 기간제 교사는 학교에서 근무하는 정규 선생님들이 어떤 사정으로 얼마 동안 교직을 떠나게 되었을 때 그 자리를 대체하여 업무를 수행하는 사람이야. 기간제 교사도 기존 선생님들과 똑같이 업무를 맡기 때문에 임용고시 공부에 집중할 시간은 부족해지겠지만, 그만큼 교직 경력을 쌓을 수 있다는 장점이 있지. 하지만 기간제 교사 자리를 구하는 것도 경쟁률이 높아서 내가 하고 싶다고 곧장 할 수 있는 일은 아니었어.

실제 학교 현장에 바로 투입되어 학생들을 가르쳐야 하기 때문에 기간제 교사를 채용하는 학교에서는 교육 경력이 있는 사람들을 선호했어. 학교 현장에 나갔던 경험이라곤 교생 실습밖에 없던 나는 또 다른 불합격 소식을 접해야만 했지. 그때는 많은 학교들이 원수 접수도 대면으로 하던 때라, 차도 없이 이 도시 저 도시를 대중교통을 타고 다니며 자기소개서와 이력서 등을 제출해야 했어. 그런데 돌아오는 연락은 모두 불합격 소식뿐이어서 매번 힘이 빠졌었지.

아마도 그때는 내가 살면서 겪었던 겨울 중 가장 매서운 겨울이 아니었나 생각해. 시험에도 떨어지고, 기간제 교사에도 떨어지고, 나름 열심히 살아왔다고 자부했는데 마치 내 삶이 실패투성이라고 온 세상이 윽박지르는 것 같았거든.

몇 십 통의 원서를 이곳저곳에 넣은 끝에 한 고등학교에서 면접을 보러 오라는 연락이 왔어. 이른 아침, 그 지역으로 향하는 시외버스 안에서 간절한 마음으로 합격하길 빌었는데 이번만큼은 세상이 내 편이었나 봐. 최종까지 딱 붙었지 뭐야?

기쁜 마음으로 합격 통지를 받은 나는 길었던 임용 고시생 기간을 뒤로하고 연고 없는 타지에서 기간제 교사로 교단 생활을 시작했어.

지금이야 학생들 앞에 서서 "선생님도 이렇게 시험에 많이 떨어졌어" 말하며 웃지만, 언제 떠올려도 참 고되고 힘든 시간이었지. 그때는 시험공부를 시작한 것 자체가 후회되고, 왜 이렇게 어려운 길로 왔을까 스스로를 원망하기도 했거든.

그럼에도 나는 그 시기를 지난 덕분에 이전보다 훨씬

더 성장할 수 있었어. 이루고 싶은 목표를 위해 최선을 다해 노력하면서, 쉽게 포기하지 않고 계속 달려 나가는 힘을 길렀거든. 그전까지의 나는 무언가를 꾸준히 하기보다는 쉽게 포기하고 그만두는 사람이었지. 시험을 준비하면서부터 끈기와 인내라는 단어의 뜻을 배우게 되었고 어떤 일이든 꾸준하게 이어 가는 지구력이 생겼어.

물론 시험 준비가 힘들었기 때문에 단번에 합격했다면 그 자체로도 의미가 있었겠지만, 고되게 지나온 과정이 결코 헛되지 않았다는 것을 말해 주고 싶어. 그때 나는 아직 임용 고시에 합격한 것도 아니었고, 이제 막 기간제 교사를 시작한 것뿐이었지만, 인생에서 가장 춥고 길었던 겨울을 지나며 겪었던 감정은 그 이후에 겪게 된 힘든 상황에서도 내가 바로 설 수 있도록 해 주었거든!

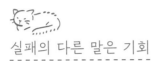

실패의 다른 말은 기회

기간제 교사가 된 후 내가 처음 맡았던 업무는 기숙사 사감이었어. 본래 살던 거주지가 학교에서 멀리 떨어져 있는 학생들이 많아서 학교 내에 기숙사를 운영하고 있었거든. 학생들이 안전하게 기숙사 생활을 할 수 있도록 지도하고 통솔하는 것이 내 업무였지.

사감에게는 기숙사 사감실이 제공되어서 타지에서 온 나는 생활비를 아끼며 좀 더 효율적으로 지낼 수 있었어. 처음에는 모든 게 신기하고 재밌었지. 그러나 한 달, 두 달 시간이 지나면서 퇴근 후에도 학생들과 분리되지 못하는 생활과 버거운 업무 때문에 몸과 마음이 지쳐 가기 시작했어. 교사가 되고 싶었던 가장 큰 이유는 학생들이 너무 예뻐서였는데, 그만큼 사랑과 기대도 커서 때로는 학생들의 말과 행동이 상처로 돌아오기도 했어.

어느 하루는 학생들이 학습할 내용을 재미있게 배울 수 있도록 열심히 게임을 만들어 수업에 들어갔어. 그런데 내가 잠시 자리를 비운 사이에 학생들이 게임의 정답을 미리 확인하는 바람에 애써 만든 것들이 모두 무용지물이 되었어. 모의고사 시간에 갑자기 과자를 꺼내 먹는다거나, 시험지로 종이비행기를 접어 날리는 일도 있었지.

물론 모든 학생들이 그랬던 건 아니었지만, 그간 내가 꿈꿔 온 이상과 현실은 너무나 달랐어. 가족도, 친구도 없는 낯선 타지에서 일하는 것도 쉽지 않은데 이런 간극까지 체감하게 되니 마음이 많이 답답할 수밖에 없었지.

기간제 교사 업무를 하면서 임용 고시를 준비했기 때문에 학교에서는 수업 준비와 행정 업무로 바쁜 하루를 보내고, 퇴근 후에는 다시 책상 앞에 앉아 공부를 해야 했어. 하루를 그렇게 정신없이 보내다 보니 체력적으로나 정신적으로 지쳐 갔어. 마치 '나'를 잃어 가는 것 같았지. 내가 읽고 싶은 책을 읽기보다는 전공 원서를 한 번 더 보았고, 새로운 언어를 배우는 대신 임용 고시 기출 단어를 하나 더 외우는 일상이 반복됐어. 그러는 동안 내가 무엇을 좋아했고, 무엇을 하고 싶었는지 서서히 잊어버린 거야.

타지에서 시작한 첫 번째 기간제 교사 생활을 마무리한 뒤, 나는 원래 살던 도시의 고등학교에서 두 번째 기간제 교사 생활을 시작했어. 소란스러웠던 기숙사 사감실에서 벗어나 나만의 공간에서 내 일상을 채워 가다 보니 자연스럽게 잊고 있던 것들에 대해 생각하게 되었지.

내가 왜 교사가 되고 싶었는지, 어떤 삶을 살고 싶었는지 그 무엇보다 중요한 이유들은 희미해지고 그저 무작정 앞만 보며 달리고 있었다는 것을 문득 깨달은 거야. 게다가 시험에 여러 번 떨어지면서 나에게 이 직업이 어떤 의미인지 계속 되묻게 되더라고. 기간제 교사와 정교사 사이의 큰 차이가 없다는 생각을 하게 되자, 앞으로도 임용 고시를 위해 시간을 쓰는 게 맞을지 진지하게 고민했어. 시험 준비를 계속 이어 가는 것보다, 나의 성장을 위해 여러 방면으로 도전하는 게 학생들에게도 다양한 이야기를 전해 줄 수 있는 교사가 되지 않을까 싶었던 거야.

그렇게 나는 정교사라는 목표를 내려놓고 나를 위해 시간을 써 보자는 결심을 했어. 교사가 정말 되고 싶었고, 간절히 시험에 합격하길 원했지만 그 간절함만큼 내 삶의 반경은 좁아졌더라고.

나는 미뤄 두었던 책도 읽고, 배우고 싶었던 언어도 공부하고, 경제 신문도 읽으면서 나를 둘러싸고 있던 벽을 조금씩 무너뜨리기 시작했어. 나이 서른이 되어 가도록 임용 고시에 합격하지 못한 스스로를 낙오자라고 생각하며 미래에 대한 불안으로 가득했던 내가 그제야 세상을 향해 한 걸음을 떼게 된 거야.

그렇게 달려왔던 임용 고시 준비를 내려놓았으니 빈 시간 동안 뭐라도 해 봐야겠다는 마음 또한 커져 갔지. 나를 위해 맛있는 요리를 하는 일상이 소중해지면서 이런 과정을 기록하면 좋겠다는 생각이 들었어.

그렇게 나는 유튜브를 시작하게 되었어. 자격증을 따야 하거나 공모전에 참가해서 상을 받아야 하는 것도 아니고, 그저 휴대폰으로 영상을 찍고 편집해서 업로드만 하면 되니 부담이 없었어.

기간제 교사로 일하며 겪는 평범한 일상을 담고 싶다는 뜻에서 '보통의, 일상적인'이라는 의미의 영어 단어 'ordinary'와 학교에서 일하고 있다는 의미에서 'school'이라는 단어를 합쳐서 '오디너리 스쿨ordinary school'이라는 이름으로 유튜브 채널을 개설했어.

끝이 보이지 않는 마라톤을 멈추고 소중한 나의 삶을 기록하는 브이로그 영상을 올렸고, 적지만 하나둘 조회 수와 구독자 수가 늘어 가는 게 정말 신기했지. 채널을 만들고 처음으로 조회 수가 100이 되었을 때의 기분을 잊지 못해. 내 영상을 100명이나 봐 주었다는 게 너무 감격스러웠거든!

그 당시 나는 불안정한 계약직이었지만 소중한 일상을 성실히 살아가는 이야기에 많은 사람들이 공감하고 응원해 주었고, 덕분에 조회수가 1,000이 되고 10,000이 되면서 채널이 생각보다 빠르게 성장할 수 있었어.

나는 교육청에 소속된 신분이라 유튜브 활동을 통해 협찬이나 광고를 받을 수 없어. 때문에 유튜브를 한다고 금전적인 여유가 생긴 것은 아니지만 가장 크게 얻은 것이 하나 있어. 바로 세상을 바라보는 나의 시선이 변했다는 거야.

이전에는 임용 고시 합격만이 나의 삶에 유일한 정답이라고 생각하면서 스스로를 자책하고 세상을 원망하곤 했어. 그런데 유튜브를 시작하고 사람들의 응원과 위로를 받으면서 이전에 보이지 않던 것들이 보이더라고. 흔히 말하는 좋은 직장에 입사했다가 퇴사하고 자기만의 사업을 하는 사람, 전공을 바꿔 다시 대학교에 진학한 사람, 다양한 직업을 갖고 프리랜서로 일하는 사람 등 각자만의 방식으로 부지런히 살아가는 이들을 보며 인생의 정답이 하나만 있는 게 아님을 알게 되었지.

세상엔 수많은 기회가 있지만 도전해 보지 않으면 모

른다는 것, 내가 할 수 있는 일이 많다는 것은 유튜브를 하면서 알게 된 귀한 깨달음이야.

나는 그에 멈추지 않았어. 수많은 브이로그가 경쟁하는 유튜브에서 나만의 특색을 갖기 위해 영상 말미에 에필로그 형태로 내 생각을 담은 글을 덧붙였지. 많은 구독자들이 이 에필로그를 좋아해 주어서, 매주 쌓아 가던 글로 책을 만들고 싶어 하던 때에 마침 출판사에서 먼저 출간 제의가 왔어. 오랫동안 막연하게나마 가지고 있던 꿈이 그렇게 실현된 거야. 한 번도 상상해 본 적 없던 일이었는데 유튜브 덕분에 새로운 기회를 얻게 되었지.

그동안 내게 찾아왔던 기회들은 실패에서 생겨났어. 참 아이러니한 일이지. 만약 첫 번째 임용 고시에 붙어서 삶에 대해 고민하던 시기가 없었더라면, 안정적인 삶에 만족하며 새로운 시도를 하지 않았더라면 지금처럼 많은 이들을 만나는 일 또한 없었을 거야.

그래서 나는 실패가 새로운 기회가 될 수 있다고 믿어.

스스로에 대해 더 많이, 더 깊게 생각해 볼 수 있는 시간을 지나오면서 예전의 나라면 못 했던 도전도 하게 되었으니까. 나와 비슷한 상황에 놓인 학생들에게 진정성 있는 공감과 위로의 말도 전할 수 있게 됐지. 실패가 많았던 나라서, 너무 완벽하지 않은 나라서 좋을 때도 있더라고. 난 더 이상 그 실패들이 부끄럽지 않아. 오히려 자랑스러운 시간들이야.

조급해하지 않아도 괜찮아

- - - - - - - - - - - - - - - - - -

한창 에세이 원고를 쓰느라 바쁘던 시기에 기간제 교
사로 근무하고 있던 사립 학교에서 영어 정교사 채용 공
고가 올라왔어. 사립 학교 채용도 국공립 학교와 마찬가
지로 1차 필기시험, 2차 수업 실연과 면접으로 구성되는
데, 사립 학교가 속한 재단 내에서 채용하는 것이기 때문
에 재단이 자체적으로 지원자를 평가하고 채용할 수 있
어. 그렇지만 많은 사립 학교들이 필기시험을 교육청에
위탁하여 국공립 학교와 동일한 형태로 실시하기 때문에
필기시험 성적이 중요해.

그동안 공부를 내려놓았던 나는 해낼 수 있을지 확신

할 수 없었지. 시험을 봐야 하나, 말아야 하나 많은 고민을 했어. 그런데 도전도 하지 않고 포기한다면 앞으로 계속 후회할 것 같더라고. 결국 나는 퇴근 후에 공부를 해 보기로 결심했어.

패기 넘치게 학교 업무를 끝내고 돌아왔는데 막상 공부를 하려 드니 너무 지치고 하기 싫은 거 있지! 모든 에너지가 방전된 상태에서 공부할 책을 펼치는 건 쉬운 일이 아니었어. 그래서 나는 차라리 일찍 자고 일찍 일어나서 공부하자는 생각으로 오후 10시 전에 잠들고 오전 4시 30분에 기상해서 공부하기를 계속했어. 지금 생각해 보면 어떻게 매일 그 시간에 일어났을까 싶은데, 해야 할 일이 있으니 이른 새벽에 눈이 저절로 떠지더라.
초반에는 책을 들여다 보아도 처음 배운 것처럼 생소하고 기억에 남지 않아서 막막했어. 그렇지만 계속 반복하니까 어느 순간부터 내용이 머릿속에 떠오르기 시작했어. 엄마가 말씀하셨던 것처럼, 공부했던 시간들이 어디론가 사라지지 않고 내 안에 차곡차곡 쌓였던 거야. 기간제 교사로 일하면서 얻은 교육적 지식과 경험도 큰 도움이 되어서 그전에는 이해되지 않고 어렵게만 느껴졌던 이론들이 쉽게 와닿기 시작했지.

남은 시간 동안 최선을 다해 준비한 나의 시험 결과는 어땠을까? 지금까지 받았던 점수 중 가장 높은 점수로 1차 필기시험을 통과했어! 하루 종일 공부하며 시험에 매달릴 때는 결과가 잘 나오지 않다가, 오히려 짧은 시간 집중해 좋은 결과를 얻게 되니 참 얼떨떨하더라. 나는 남은 2차 수업 실연과 면접 시험도 최선을 다해 준비했고 결국 최종 합격이라는 기쁜 소식을 얻게 되었어. 생각하지도 못했던 순간에 정교사의 꿈을 이루게 된 거야.

좋은 결과를 얻을 수 있었던 이유는 여러 가지가 있겠지만, 그중에서도 조급함을 내려놓았던 게 가장 컸다고 생각해. 이전 시험을 준비할 때는 '이번에 무조건 붙어야 해'라는 부담감 섞인 마음이 지배적이었거든. 그렇게 열심히 공부를 하면서도 합격하지 못할까 봐 늘 걱정에 시달렸지. 벼랑 끝에 매달린 기분으로 공부하고 시험을 치르니 그동안 준비했던 것을 제대로 발휘하지도, 온전히 집중할 수도 없었던 거야.

그런데 마지막 시험에서는 떨어져도 괜찮으니 너무 스트레스받지 말자고 마인드 컨트롤을 했는데, 오히려 그게 좋은 동력이 됐던 것 같아. 불안과 근심에 매몰되지 않고 최선을 다할 수 있도록 말이야.

학생들을 가르치다 보면 중간고사나 수행 평가를 치르는 매 순간마다 낭떠러지에서 외줄타기하듯 아슬아슬한 마음으로 임하는 경우를 볼 때가 있어. 특히 대입을 앞둔 3학년은 내신 점수에 따라 지원할 수 있는 대학교가 달라지니 걱정하는 게 당연해. 게다가 매달 보는 모의고사 스트레스도 상당할 거야.

그래서 학생들과 상담을 할 때면 내 임용 고시 경험을 이야기해 주고는 해. 너무 조급해하느라 공부했던 것을 다 쏟고 오지 못했던 순간, 걱정의 눈물로 얼룩진 나날들과 조금 더 천천히 가 보자는 생각 끝에 따라왔던 좋은 결과까지.

물론 모든 사람에게 와닿는 이야기는 아닐지도 몰라. 하지만 학생들에게 소중한 추억이 될 수 있는 이 시기가 시험에 대한 스트레스와 조급함으로만 기억되지 않기를, 내가 겪었던 것처럼 어려움에 매몰되지 않기를 바라는 마음으로 전하지. 자신이 지나고 있는 과정을 조금 더 사랑할 수 있도록 말이야.

목표를 향해 나아갈 때 그것을 준비하는 방법에는 정답이 없어. 누군가에게는 벼랑 끝에 서 있는 상태가 좋은 동기 부여가 되어서 실력 발휘를 할 수 있도록 만들기도 하지만, 또 다른 누군가에게는 그게 맞지 않는 방법일 수 있지. 나의 경우에는 서두르지 않고 마음의 안정을 느끼는 게 더 적절했던 것이고 말이야.

학교에서도 학생들이 어떤 시험이나 결정 앞에 섰을 때 지나치게 긴장하는 바람에 실수하는 모습을 자주 보고는 해. 지켜보는 입장에서도 안타깝지만, 누구보다 속상한 건 본인일 거야. 잠시 결과만을 향해 달리던 속도를 조금 늦추고 과정을 들여다보는 건 어떨까? 무엇이 자신에게 잘 맞는 방법인지 직접 경험하고 알아 간다면, 앞으로 또 다른 목표를 향해 갈 때 분명 큰 도움이 될 거야.

불안에서 빠져나오는 방법

'바라던 대로 정교사가 되었으니 불행 끝 행복 시작 아니야?'

누군가는 내게 이렇게 말할지도 모르겠어. 그런데 아이러니하게도 꿈꿔 왔던 교사가 되고 나자 그동안 괜찮았던 불안이 다시 고개를 들기 시작했지.

정교사 최종 발표 날, 합격 소식을 알리기 위해 기쁜 마음으로 부모님께 전화를 드렸는데 어머니가 손을 다치셔서 병원에 입원하셨다는 거야. 그 이야기를 들으니 나에게 행운이 온 대신 어머니한테 불행이 가 버린 것 같아서, '내가 가진 운을 다 써 버려서 이제 나쁜 일만 일어나는 건 아닐까?' 하는 터무니없는 생각도 들었어.

최종 합격 후 고등학교 3학년 담임을 맡으면서 하루하루가 쉴 틈 없이 바빴어. 주말에는 유튜브 영상 편집하랴 정신없이 지내다 보니 몸과 마음이 지쳐 가는 게 느껴졌지. 그동안 방치되다시피 한 집은 간단한 청소도 제대로 하지 못해서 엉망이 되었고 말이야.

어느 날은 교무실에 있는데 갑자기 숨이 턱 막히면서 가슴이 답답해지는 거야. 결국 밖으로 나가서 조용히 눈물을 훔치는데 설명할 수 없는 어떤 감정에 사로잡힌 듯한 기분이 들었어. 쉽게 빠져나오기 어려운 깊고 깊은 감정 말이야. 즐겁고 행복해야 할 시간에 불안으로 가득 차서 나를 제대로 돌보지 못했던 거지.

합격이라는 이름의 성취를 손에 쥐게 되니까 혹시나 그것들이 사라질까 봐 더 여유를 잃게 됐던 것 같아. 사람 마음이라는 게 참 간사하지. 바라 왔던 대로 일이 잘 풀리니 이제는 안 좋은 일이 생기지 않을까 전전긍긍하게 되었으니 말이야. 이런 경험을 계기로 나 자신이 얼마나 나약하고 불안한 존재인지 다시 한번 느끼게 되었어.

불안을 느끼지 않는 사람은 세상에 없을 거야. 불안은 불확실한 미래에서 오는 감정이야. 미래의 내가 원하는 바를 이루지 못할지도 모른다는, 전혀 알 수 없는 미래에 대한 지나친 걱정이 그렇게 표현되는 거지. 그런데, 이 감정은 긍정적으로 작용할 수도 있어. 불확실한 미래에 대비하기 위해 현재의 내가 좀 더 노력하는 계기가 될 수 있거든.

하지만 말했던 것처럼 조급한 마음에 불안이 더해지면 감정을 적절하게 통제하기가 어려워져. 그렇게 되면 미래를 준비하기는커녕 당장 오늘의 일상에서조차 아무 것도 못 하는 상태가 되기도 해. 긴장해서 시험 당일 제 실력을 발휘하지 못할 수도 있고, 친구에게 배신당할까 봐 관계를 맺는 것에 주저하게 될 수도 있지. 이처럼 불안과 같은 감정은 양가적이기 때문에 긍정적인 쪽으로 이용할 수 있도록 우리의 내면이 단단해져야 해.

사람마다 불안을 다루는 방법은 모두 다르겠지만, 나에게는 꾸준히 기록하는 습관이 많은 도움이 됐어. 이전에는 감정이나 생각을 그저 흘려보냈다면, 지금은 내 마음이 어떤지, 왜 그런 마음이 생겼는지를 기록해. 이런 기록들을 다시 읽어 보면 비슷한 순간이 찾아올 때 '아, 이때도 내가 똑같이 불안했구나' 하는 생각이 들면서 신기하게도 안도감이 들거든.

지금 겪고 있는 감정이 완전히 새롭거나 처음 겪는 게 아니라 이전에도 경험해 보았을뿐더러, 결국 그 힘듦조차 과거가 되었다는 사실을 확인할 수 있기 때문이야. 과거의 내가 이겨냈다면 지금의 나도 이겨낼 수 있을 거라는 자신감도 생기지. 마치 과거의 내가 미래의 나에게 응원을 담은 편지를 써 놓은 것 같기도 해.

자, 이제 가장 쉽고 간단하게 실천해 볼 수 있는 기록법을 말해 줄게. 바로 일기를 쓰는 거야. 평범한 일처럼 보이지만 꾸준하게 이어 간다면 너희에게 어떤 것보다 특별한 순간을 겪게 해 줄 거라고 생각해.

어떤 이유에서든 불안을 느끼는 순간에 지금 걱정되는 것이 무엇인지 네 마음을 차분히 일기에 적어 봐. 그러면 복잡하고 추상적으로 꼬여 있던 생각이 하나하나 정리되는 느낌이 들 거야. 내가 아직 일어나지 않은 일을 걱정하고 있었구나, 내가 두려워하는 건 이런 거구나, 하고 살펴볼 수 있는 거지. 그리고 걱정하던 일 중 대부분은 생각보다 큰일이 아니더라고.

나를 소중하게 생각하는 사람들과 마음을 나누는 것도 좋은 방법이야. 불안한 마음은 혼자 묻어 두는 것으로 쉽게 사라지지 않아. 밖으로 꺼내고, 다른 사람들의 조언을 들으며 해소하는 과정도 필요하지.

나도 혼자 갖고 있던 불안을 사람들과 나누었을 때 많은 위로를 받았어. 나와 비슷한 생각이나 걱정을 가지고 있는 사람들과 대화를 하다 보면 어느새 나의 불안도 작아졌어. 동시에 어려움을 극복한 사람들의 이야기를 들으면 하루를 더 잘 살아 내고 싶다는 의지가 생기기도 했어.

혹시 주변에 이런 이야기를 할 사람이 마땅히 생각나지 않는다면 심리 상담을 받는 것도 추천할게. 나 역시 한동안 미루었다가 용기를 내어 심리 상담을 받으러 간 적이 있어. 그저 내 이야기를 타인에게 들려주는 것뿐인데도 상황을 객관적으로 바라볼 수 있었고, 이겨 내고자 하는 마음도 생기더라고. 이처럼 안에서 상처가 곪아가도록 두는 것이 아니라 밖으로 꺼냈을 때 비로소 다시 회복할 힘을 얻는다고 생각해.

 삶은 힘든 일의 연속이기에 매일 평탄하고 즐겁기만 할 수는 없어. 부정적인 감정은 잊고 있을 때쯤 슬며시 고개를 내밀어서 우리를 괴롭히고 힘들게 하지. 확실한 건 그 또한 지나갈 테고, 우리는 다시 앞으로 나아갈 거라는 거야. 그러니 스스로 이겨 내기 어렵다고 생각되는 감정이 몰려올 때 휩쓸려 가지 않도록 단단히 준비해 보자. 각자의 방식으로 기록을 하고, 사람들과 마음을 나누면서 말이야.

2장
나는 왜 이렇게 고민이 많을까?

'나'로 바로 서는 일

각자의 개성을 드러내는 방법은 여러 가지가 있지. 외적인 모습을 꾸미는 것도 그중 하나야. 세상에는 자신을 잘 꾸미는 사람들이 어찌나 많은지, 특히 SNS에는 그런 사람들만 모여 있는 것 같아. 그들의 일상을 보고 있으면 내 모습이 초라하고 못나 보여서 괜히 마음이 싱숭생숭해지기도 해.

이야기에 공감하는 사람이 있을 거야. 고백하자면 나역시 오랫동안 타인을 습관적으로 부러워하고 상대와 나를 비교했어. 남들의 시선과 평가를 지나치게 의식하다보니 정작 내가 좋아하고 어울리는 것을 찾기보다는 나를 타인의 기준에 맞췄지. 나를 꾸미는 과정에서 자연스레 나 자신보다 남들의 평가가 중요했던 거야. 이런 습관은 외모뿐만 아니라 가치관에도 영향을 미쳐서 본연의 나를 점차 잃어 가게 했어.

교사이자 유튜버 그리고 작가인 나를 떠올린다면 처음부터 자존감이 넘치는 사람일 거라고 생각할지도 모르겠어. 과거의 나는 지나치게 남을 신경 쓰고 비교하는 사람이었는데, 다양한 사람들을 만나면서 외적인 것이 전부가 아니라는 걸 깨닫게 되었지. 특히 나이가 들수록 각자만의 매력이 돋보이는 사람들을 보며 '자존감'의 진정한 의미를 깊게 생각하기 시작했어.

매력 있는 사람들의 공통점은 타인에게 자신을 억지로 맞추려 하지 않고, 자신에 대해 아주 잘 알고 있다는 거야. 스스로를 존중하고 소중하게 생각하는 자존감이 빛을 발하는 모습이었어. '나'가 중요한 만큼 타인 역시 배려하고 존중하는 태도를 갖추니 누가 봐도 매력이 넘치는 사람이 될 수 있는 거지.

이를 알고 난 뒤 나는 새로운 사람을 만날 때면 외모보다는 상대의 다른 매력을 찾게 되었어. 상대가 가지고 있는 다정한 배려심이나 겸손함, 친절함처럼 외적인 것에만 집중했을 땐 볼 수 없었던 수많은 장점들이 보이기 시작했지. 그런 매력들이 다른 사람과 관계를 형성하는 데 외모보다 훨씬 더 중요한 가치라고 생각해. 쉽게 변하지 않는 것이니까.

외모에 대한 집착이 심했던 때를 생각해 보면 무의식적으로 사람들을 나의 경쟁 상대로 보았던 것 같아. 그 틈에서 나와 그들을 비교하며 순위를 매겼지. 나보다 잘났다고 생각되는 사람을 보면 열등감을 느끼고, 나보다 못났다고 생각되는 사람을 보면 우월감을 느꼈어. 나에게 아무런 의미가 없는 감정들인데도 말이야.

나와 타인을 비교하는 일은 전반적인 영역에서 불필요한 경쟁심이 들도록 만들어. 마치 삶을 시험처럼 등수를 매기는 것으로 생각하는 거지. 이 사람보다 내가 잘해야 1등이 되고, 저 사람이 나보다 못해야 자리를 유지할 수 있다고 생각하는 거야. 만나는 사람을 모두 경쟁자로만 여긴다면 어떤 일이 벌어질까? 성취의 과정에서 내가 배울 수 있는 것은 사라지고, 함께 협력하고 성장할 기회 또한 줄어들게 돼. 나 자신을 사랑하기에도 바쁜데, 시간을 그렇게 보내는 게 과연 의미가 있을까?

나는 한창 스스로를 더 사랑해야 할 이십대 초반에 있는 그대로의 나를 사랑해 주지 못했어. 타인의 사랑과 관심이 필요했고, 상대의 기준이 내가 진정으로 원하는 것이라고 착각했지. 그건 결코 온전한 나의 것이 아니었는데 말이야.

그러다 보니 나의 취향, 관심사 등을 찾는 데 오랜 시간이 걸렸어. 타인에게 모든 걸 맞추느라 내가 무엇을 바라고 원하는지 알지 못했거든. '나'로 바로 서는 것이 무엇보다 중요하다는 사실을 조금 더 일찍 알았더라면, 타인의 기준과 평가에 휘둘리지 않고 조금 더 당당하고 멋지게 이십대를 보낼 수 있었을 거야.

나는 많은 사람들이 타인보다 자기 자신을 알아가는

시간을 가졌으면 해. 특히 나만의 매력을 찾고 싶은 사람들에게 추천하는 방법은 '칭찬 일기'를 쓰는 거야. 사실 나를 칭찬하는 일에 인색한 사람들이 많잖아? 칭찬받는 순간도 괜히 낯부끄럽게 여기기도 하고 말이야. 그래서 더욱 칭찬 일기를 써 보아야 한다고 생각해.

칭찬 일기를 쓰는 방법은 간단해. 하루를 마무리하고 책상 앞에 앉아서 그날 나의 모습 중 어떤 모습이 마음에 들었는지 써 보는 거야.

- 어제보다 10분 일찍 일어남. 덕분에 하루를 여유롭게 시작했음.
- 동생이 허락 없이 물건을 가져다 썼는데 화를 내지 않고 차분하게 말함. 인내심 레벨 업!
- 식사를 한 뒤 미루지 않고 바로 설거지함. 나 좀 부지런한 듯!

이렇게 작은 일이라도 나의 긍정적인 모습을 기록하는

거지. 칭찬 일기를 쓰다 보면 자연스레 다른 사람이 아닌 오롯이 나에게 집중할 수 있게 돼. 이런 기록들이 쌓이면 몰랐던 나의 장점과 매력을 발견할 수 있을 거야.

물론 외적인 모습 역시 나를 설명하는 일부가 될 수 있지만 그게 전부라고 생각하지 않았으면 좋겠어. 우리 모두 알고 있잖아. 눈으로 보이지 않는 것들 중에 나 자신을 특별하게 만드는 요소가 많다는 걸! 나를 사랑하고 아끼는 과정을 통해서 꼭 각자의 특별함을 알아 가길 바라.

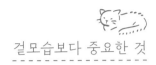

겉모습보다 중요한 것

 내가 중고등학교에 다니던 2000년대 중후반에 엄청난 인기를 끌었던 특정 브랜드 옷이 있었어. 소풍을 가는 날이면 대부분의 아이들이 포니 마크가 박힌 널널한 사이즈의 칼라 티셔츠를 입고 왔지. 얼마나 유행이었는지 단체 사진을 찍으면 마치 다들 옷을 맞춰 입고 온 것 같았다니까!

 지금 떠올리면 웃음이 나기도 하지만 그때의 십대들에게는 그 옷을 입는 일은 굉장히 중요한 문제였어. 모든 친구가 그 옷을 입고 있는데 나 혼자 그러지 않을 때 소외감을 느낄 수밖에 없잖아. 나도 친구들처럼 칼라 티셔츠

나 점퍼를 사고 싶었지만, 옷값이 생각보다 훨씬 비싸서 놀랐던 게 기억 나. 같은 반 친구들 중 절반이 그 비싼 옷을 입고 있는 걸 보며 '다들 이렇게 잘사는 거였어?' 하고 울적해졌었지.

경제적인 격차를 다시 한번 느꼈던 건 대학교에 입학한 뒤 아르바이트와 학업을 병행했을 때였어. 당시 나는 교직 이수를 하느라 한 학기에 들어야 할 수업이며 과제가 많았는데, 동시에 아르바이트까지 해야 해서 하루가 무척 바쁘고 고달팠어. 친구들은 부모님께 지원받으라고 했지만 가정 형편이 어떤지 뻔히 알고 있던 나는 부모님께 말할 수 없었지. 친구들이 너도나도 유럽 배낭여행을 떠나는 걸 부러움 가득한 눈으로 바라보면서 말이야.

그때 내 마음 한 켠엔 이런 생각이 자리 잡고 있었어.

'쟤는 부모님이 다 도와주셔서 좋겠다. 나도 저렇게 돈 걱정 안 하고 싶은데.'

아마 많은 학생들이 한 번쯤 나와 같은 생각을 해 본 적이 있을 거야. 특히 요즘처럼 경제적 자유에 대한 대중의 관심이 높아 주식이며 부동산, 재테크 유튜브 등이 인기를 얻는 상황에서 십대 때부터 돈을 큰 가치로 생각하는 것은 어쩌면 당연해.

하지만 모든 가치의 기준이 돈이지는 않았으면 좋겠어. 돈이 우리가 살아가는 데 있어 좋은 기회를 주는 수단임은 분명하지만, 삶의 궁극적인 목표가 될 수는 없거든.

한번 생각해 보자. 우리에게 돈이 어느 정도 있어야 만족할 수 있을까?

1억 원? 10억 원? 100억 원?

1억 원을 벌면 10억 원을 버는 사람이 부러울 거고, 10억 원을 벌면 100억 원을 버는 사람이 부러워질 거야. 내가 아무리 돈을 벌어도 나보다 많이 버는 사람은 더 있기 마련일 텐데 그렇게 살다 보면 일평생 만족하지 못할 수도 있겠지.

부러워하기만 하다 끝나는 인생이 과연 돈의 영역에서만 그럴까? 부끄럽게도 나는 늘 누군가를 부러워하면서 살았어. 특히 SNS가 광범위하게 영역을 확장하기 시작한 시대에 살다 보니 그곳에서 알게 되는 타인을 향한 부러움이 컸지. 그와 관련된 이야기를 해 줄게.

내가 중학생 때 인터넷상에는 '얼짱'이라는 게 있었어. 지금이야 유행이 지난 말이지만 그때는 인터넷 소설 속 등장인물을 얼짱들로 가상 캐스팅을 하고, 싸이월드라는 당시 SNS에 올린 사진으로 유명인이 되던 시절이었지. 요즘으로 치면 인플루언서라고 해야 하나.

어느 날 싸이월드에서 같은 반 친구의 계정을 구경하는데, 그 친구가 스크랩해 온 누군가의 사진 한 장에 시선이 갔어. 사진 속 상대는 내 또래 같았어. 누가 봐도 호감형인 외모와 사진 분위기에 홀린 듯 그 사람의 계정에 방문했지. 알고 보니 나와 나이도, 거주하는 지역도 같더라고. 하지만 공통점은 그뿐이었어. 그 친구의 계정을 둘러보니 가족들과 함께 자주 유럽 여행을 가는 것 같았고, 사진도 잘 찍는 데다 포토샵 실력도 수준급이었어. 내 눈에는 모든 게 멋지고 부럽게 느껴졌지. 그런데 대학교에 진학하고 전공 수업을 듣는 첫날, 그 친구를 딱 만났지 뭐야!

친구는 인터넷상에서 간접적으로 보는 모습보다 현실

에서 훨씬 멋지고 사랑스러운 사람이었어. 여러 차례 대화를 나눠 보니 생각도 깊고 에너지도 넘쳤지. 우리는 대화도 잘 통했고 취미도 잘 맞아서 금세 가까워졌어.

친구와 함께 길을 걷다 보면 지나가는 사람들이 친구를 알아보고 수군댈 때가 많았어. 그 정도로 유명했었지. 우연하게 만난 친구를 향해 좋은 말을 하는 사람도 있었지만 이유 없는 비난을 하는 사람도 많았어. 그때마다 친구가 얼마나 스트레스를 받았을지 나는 감히 상상할 수도 없었지. 그런 상황을 여러 번 겪고 나니 내가 얼마나 안일한 마음으로 그 친구를 부러워했는지 돌아보게 되더라. 그저 부러워하고 동경하기에는 작은 액정에서 보이는 삶이 전부가 아니더라고.

잘 알지 못했을 때는 친구가 올린 사진과 그 안에 담긴 친구의 모습이 완벽하게만 보였다면, 그 이후에는 보이는 모습이 다가 아니라는 것, 그 이면의 힘듦이 있다는 것을 그제야 깨닫게 된 거야.

우리는 다양한 매체를 통해 멋진 삶을 사는 듯한 사람들을 자연스럽게 접하고는 해. 우리가 그들에 대해 알 수 있는 건 오직 표면적인 것뿐이야. SNS를 통해 나와 전혀 접점이 없는 사람들의 삶까지 볼 수 있게 되면서, 심지어는 전 세계인이 비교의 대상이 되기도 하지. 나를 사랑하기에도 모자란 시간인데, 타인과 비교하며 열등감을 느끼는 삶은 듣기만 해도 숨 막히지 않아?

겉으로 보이는 모습에만 매몰되어 다른 사람과 비교하며 나의 가치를 낮게 평가하지 말고, 더 나은 사람이 되기 위해 무던히 애쓸 수 있으면 좋겠어. 누구를 위해서가 아니라 오직 나를 위해서 말이야. 우리가 진정으로 원해야 하는 것은 다른 사람의 실패가 아니라 나로서 잘 사는 것이잖아. 마음먹는 것만으로도 우리는 한 발자국 나아갈 수 있어. 마음이 건강한 사람이 될 수 있길 진심으로 응원할게.

어느 날 야간 자율 학습 시간에 근무하고 있는데 한 학생이 복도를 방황하고 있는 게 보였어. 선생님 모드가 발동한 나는 학생에게 다가가 말했지.

"지금 자습 시간인데 왜 여기서 서성이고 있어? 얼른 들어가서 공부해."

그러자 학생이 울상을 지으며 이렇게 말하더라고.

"쌤, 저 진짜 큰일 났어요. 진짜 심각해요."

무슨 일이냐고 물어보니 친하게 지내던 친구가 갑자기 자신의 연락을 다 무시한다는 거야. 한마디로 '손절'당했다는 이야기였어. 메시지도 전화도 계속했는데 답이 오지 않는다고 말이야. 그 학생은 친구가 왜 그러는지 도대체 알 수가 없다고 했어. 그렇게 속상해하는 모습을 보고 있으니 나의 학창 시절이 불현듯 떠오르더라. 15년은 훌쩍 지난 이야기야.

내게는 친언니가 한 명 있어. 언니는 성격이 수더분한 사람이라서 모든 친구와 잘 지냈는데 그와 달리 나는 늘 친구와의 관계가 고민인 아이였지. 친구와 잘 지내는 것 같으면서도 잘 못 지내는 것 같고, 그러다가 자그마한 문제라도 생길 때면 모든 게 내 잘못 같았어.

내가 중학생 때 항상 붙어 다니던 친구들이 있었어. 나를 포함해 총 세 명이었는데, 우리는 같은 학교를 다니는데다 사는 동네도 근접해서 자주 어울렸지. 그때 당시 내가 살고 있던 집은 빌라 2층이었는데, 건물 밖에서 떠드는 소리가 고스란히 들리는 곳이었어. 특히 내 방 창문 밑 1층에는 벤치가 있어서 사람들이 나누는 담소를 본의 아니게 듣게 되는 경우가 많았지.

하루는 방에서 쉬고 있는데 여느 때처럼 창문 밖에서

소리가 나는 거야. 친하게 지내는 친구 중 하나의 목소리였지. 엿들으려고 한 건 아니었는데 친한 친구와 다른 친구가 대화를 나누는 듯했어. 그런데 있지, 대화의 주제가 다름 아닌 나였던 거야. 친한 친구가 나를 언급하며 "이영이 걔, 좀 별로지 않아?"라고 말하는 걸 들었는데 어찌나 속상하던지. 이야기를 나누던 다른 친구가 "아, 맞다 여기 걔네 집이지?" 하면서 서둘러 자리를 떴음에도 불구하고 그 짧은 대화가 잊히지 않았어.

가장 친하다고 생각했던 친구가 나에 대해 그렇게 말할 줄 전혀 몰랐거든. 나중에 내가 이야기를 들었다는 사실을 알게 된 친구가 화해를 청해서 다시 관계를 이어 가긴 했지만, 그 사건은 사춘기 시절의 나에게 쉽게 사라지지 않는 잔상으로 남았어.

그 후 어른이 되면 친구 관계가 마냥 순탄할 거 같았는데 그렇지도 않더라. 여전히 상대와 안 맞는 부분이 생기고 감정이 상하고, 서운한 부분이 쌓이면서 계속 새로운 고민이 생기더라고. 여러 종류의 관계를 겪어 온 이제야

확실하게 말할 수 있는 건, 모든 사람과 맞을 수는 없다는 거야. 잘 맞는다고 생각했던 사람도 사실은 그렇지 않을 수도 있고, 작은 말 하나로 상대에게 서운함을 느끼고 더 이상 보고 싶지 않아지기도 해. 내가 처음 생각했던 모습과 달리 친구가 변한 것처럼 보이거나 결이 안 맞는다고 느낄 때도 있지. 어떤 관계에서든 어려움은 있기 마련이거든.

그런 고민을 하고 있다고 해서 너무 걱정하지 않았으면 좋겠어. 나와 안 맞는 사람이 있는 것처럼 나와 잘 맞는 사람도 그만큼 많거든! 오랜 시간을 함께한 친구가 아니더라도 우리는 계속 살아가며 새로운 관계를 맺게 되는데 어떤 좋은 인연을 만나게 될지 아무도 알 수 없어.

요즘 내가 가장 가깝게 지내는 사람은 학창 시절 친구도 아니고, 대학교 친구도 아닌 직장 동료인 학교 선생님들이야. 우리는 같은 교무실을 쓰게 되면서 친해졌는데, 많은 시간을 함께 보낸 덕분에 서로에 대해 깊게 알게 되고, 어떤 일이 있을 때면 진심으로 응원해 주는 관계가 되었어. 그런 사람들과 있다 보니, 힘든 직장 생활도 재미있게 헤쳐 나갈 수 있게 되더라. 이 또한 예전의 내가 상상하지 못했던 인연이야.

　좋은 인연을 만날 수 있다는 가능성을 믿는 것 외에 또 하나 중요한 것은 내가 좋은 사람이 되는 거야. 이것저것 재며 상대에게 진심으로 다가갈 때, 그것을 소중히 받아주는 좋은 사람이 있을 거야. 어릴 적부터 친구였든, 이제 막 사회에서 만난 사람이든 이런 진심이 오갈 때야말로 소중한 친구가 될 수 있거든. 나 또한 이루어지지 못할 거라는 순간에 좋은 사람을 많이 만났으니까 말이야.

　우리는 사람에게서 상처를 받기도 하지만, 그 상처를 어루만져 주는 것 또한 사람이기도 하지. 힘든 일이 있을 때, 혼자 감당하기 버거운 문제를 맞닥뜨렸을 때, 결국 우리가 힘을 얻고 진심 어린 위로를 받는 것은 날 이해해 주고 응원해 주는 사람들에게서일 때가 많아.
　누군가가 받은 상처에 대해 함부로 단언할 수 없지만, 나는 너희들이 자기 자신이 힘들 정도로 마음의 문을 닫지는 않았으면 좋겠어. 비록 지금은 세상이 무너져 내릴 것 같이 슬프고 답답하더라도 신기하게 좋은 인연은 또 찾아오거든.

그 관계에서 자신이 최선의 노력을 다했다면 결과가 좋지 않더라도 너무 마음 쓰지 말고, 앞으로 다가올 관계에 집중하는 것도 자존감을 지키는 데 도움이 될 거야.

나의 직업은 총 세 개야. 교사, 유튜버, 작가. 이 직업들의 공통점이 뭐라고 생각해? 바로 끊임없이 다른 사람들과 소통하는 일이지. 그렇기에 내가 하는 일에는 늘 평가가 따라올 수밖에 없어. 교사는 교원 능력 개발 평가로, 유튜버는 댓글로, 작가는 리뷰 평으로 다른 사람의 평가를 받게 되는데 그건 언제나 내게 어려운 순간이야.

유튜브를 시작하기 전만 해도 악성 댓글, 즉 악플은 남에게만 일어나는 일이라고 생각했어. 나는 연예인도 아니고, 유명한 사람도 아니니 악플 같은 건 받을 일이 없을 줄 알았거든. 그런데 내게도 악플이 달리더라고.

처음 악플이 달린 영상에는 나의 주관적인 의견이 담겨 있었는데, 나와 다른 생각을 가진 사람들이 조롱하는 댓글을 달았어. 처음 그걸 읽었을 때는 '어? 이거 악플인가? 관심을 주는 거니까 좋은 건가?'라고 생각했지. 그러다가 단순한 조롱을 넘어서 불특정한 타인으로부터 무차별한 욕설까지 받게 되자 일상이 점차 무겁게 가라앉았어. 밥을 먹을 때나 길을 걸을 때, 잠을 자기 전에도 문득 악플이 생각나더라. 나의 어떤 말이 문제였는지 곱씹어 보다가도, 그렇게 잘못했나 화가 나기도 하고, 모든 생각과 감정이 뒤엉켜 머릿속이 쑥대밭이 되어 버렸지.

마치 나라는 잔잔한 연못에 누군가 쓰레기를 왕창 버리는 것 같았어. 쓰레기를 버린 사람들은 모를 거야. 자신이 만들어 낸 그 파장이 얼마나 큰지 말이야.

유튜브뿐만 아니라 책의 리뷰 평에서도, 학생들의 교원 능력 개발 평가에서도 부정적인 이야기를 듣거나 읽으면 기분이 안 좋아질 수밖에 없어. 다른 사람들의 비판을 겸허하게 받아들일 줄 알아야 한다고 하지만, 합리성

을 가장한 무분별한 비판과 혐오 앞에서 덤덤할 수 있는
사람이 과연 얼마나 있을까?

사실 악플은 우리 일상에서 흔히 볼 수 있어. 서로를 욕
하는 말, 비합리적인 비난과 험담처럼 부정적인 언행은
우리 마음에 생채기를 내지. 생채기가 났을 때 다들 어떻
게 대처하니?

이전에는 특정 상황에서 문제가 발생했을 때 내가 어
떤 점을 잘못했는지 수없이 곱씹어 보고 그 당시 어떻게
행동해야 했을지 후회하고 자책했어. 마치 모든 잘못이
나에게 있다는 식으로 말이야. 스스로를 버겁고 힘들게
하는 방식이었지. 시간이 걸리더라도 내가 다시 일어설
수 있도록, 이전의 일상으로 돌아갈 수 있도록 나만큼은
날 믿어 줬어야 했는데 그러지 못했어.

물론 지나치게 안하무인격이고 본인의 잘못을 인정하
지 않는 태도도 옳지 않아. 타인의 합리적인 비판을 오지
랖으로 여기기만 한다면 더 이상 앞으로 나아갈 수 없거
든. 그렇지만 나를 탓하기만 하는 태도 역시 앞으로 나아

갈 수 없게 만드는 건 매한가지야.

자신을 믿지 못하고 남의 눈치만 본다면 결국 진정한 '나'가 누구인지를 잃게 돼. 그래서 나는 우리 스스로를 너무 탓하지 말자고 말해 주고 싶어.

자, 내가 경험한 것을 바탕으로 날 싫어하는 사람에게 대처하는 나만의 방법을 들려줄게.

첫 번째, 내 사람들과 시간 보내기.

무분별한 비난 대신 날 사랑해 주는 사람들에게 시선을 두는 거야. 우리가 갖고 있는 한정적인 에너지를 타인을 향해 화를 내거나 공격하기 위해 쓰기보다, 좋아하는 사람들과 맛있는 음식을 먹고 즐거운 시간을 보내는 데 사용하면 좋겠어. 세상의 모진 비난과 비판에도 날 사랑하고 응원해 주는 사람이 있다고 하면 단단한 안전 막이 생긴 것처럼 마음이 정말 든든해지거든. 누군가의 미운 마음에 기분이 상한 날이면 혼자 있기보다 가족이나 친구와 시간을 보내자.

두 번째, 한 귀로 흘려보내기.

합리적이고 건강한 비판은 나의 성장을 위해 꼭 필요하기 때문에 귀 기울일 필요가 있지만, 단순히 상대방을 깎아내리기 위한 비난은 담아 두지 말고 흘릴 수도 있어야 해. 상대방의 무례하고 비합리적인 언행에 나도 한마디 덧붙이고 싶을 때가 있지만 들을 준비가 안 된 사람에겐 어떤 말을 하든 받아들여지지 않을 거야. 그 사람이 뭐라고 하든 우리 삶에 그렇게 큰 영향을 미치지 않는다는 것을 기억해. 내 삶의 주인은 나니까.

세 번째, 내 일에 집중하기.

내가 하던 일을 더 잘하기 위해 애쓰는 거야. 사실 악플은 상대방을 향한 질투에서 나온다고 생각해. 본인이 생각하기에 특별해 보이지 않은 사람이 성공하는 모습을 보면 상대적으로 자신이 초라해 보이거든. 그래서 합리적인 비판이라는 가면을 쓰고 열등감과 질투를 드러내는 일이 많지.

그런 식의 비난을 받았을 때 내 일에 더 집중할 필요가 있어. 악의적인 말에 기분이 상하겠지만 그렇다고 일희일비하면서 중심을 잃을 만큼 가치 있는 일은 아니니까 말이야. 그럴 때는 잘난 척하며 마인드 컨트롤을 하는 것도 효과가 좋아. '다 내가 잘나서 그러는 거지, 뭐!' 하고 외쳐 보는 거야.

만약 내가 유튜브의 악플이 두렵고, 학생들의 평가가 무섭고, 책의 리뷰를 살펴보는 게 겁이 났다면 지금 하고 있는 일 중 무엇 하나 제대로 할 수 없었을 거야. 유튜브를 조금 하다가 그만뒀을 거고, 수업을 하다가도 학생들의 눈치를 계속 살폈을 테고, 글을 쓸 생각은 당연히 못 했겠지.

내가 모든 사람을 사랑하지 않는 만큼 모든 사람도 날 사랑하지 않는 것이 당연하다는 것을 인정하고, 각자 다른 생각을 가질 수 있다는 것을 받아들이고 나니까 앞으로 한 걸음 나아갈 수 있었어. 우리의 자존감은 그렇게 커져 갈 거야. 모두 이 경험을 꼭 직접 해 보길 바랄게.

잔소리는 그만!

학창 시절에는 부모님과 참 많이 다투었어. 그 시절 부모님은 지금보다 엄격하셨는데 내가 대학교 3, 4학년이 될 때까지도 통금 시간을 정해 두셨을 정도였지. 나와 부모님은 서로 의견이 맞지 않아서 자주 부딪쳤고, 그때마다 방에 들어가 문을 쾅 닫고서 '나는 친딸이 아닌가 봐' 하며 눈물 젖은 일기를 쓰기도 했어. 나도 다 생각이 있으니 알아서 잘할 텐데, 부모님의 지나친 간섭이 그저 짜증 나고 고리타분하게 느껴졌지. 시대가 달라도 한참이나 달라졌는데, 부모님 세대의 기준으로 잔소리를 하시니 반가울 리가!

청소년기에 듣는 어른들의 한마디 한마디는 우리 삶에 큰 영향을 미치기 때문에 지금 당장은 모든 게 부담스럽고 갑갑하게 느껴질 수 있어. 대체로 우리 자신을 틀에 가두려고 하거나, 무언가를 하지 말라는 식의 이야기들이 많으니까.

하지만 우리는 결국 가정이라는 둥지를 벗어나 스스로 날개를 펼쳐 세상을 향해 날아가야 하는 존재야. 집에서 독립하여 나만의 삶을 살아야 하니까! 그러기 위해서는 단단한 내면의 힘이 필요해. 앞으로 마주하게 될 어려움 앞에 쉽게 흔들리지 않고 온전한 '나'로 바로 설 수 있는 힘 말이야.

가장 먼저 인정하는 것부터 시작해 보자. 어른들이 완벽한 존재가 아니라는 것을, 그들에게도 서툴고 미숙한 부분이 있다는 것을 말이야. 이미 어른이 된 지 한참 지난 나조차도 여전히 부족한 내 모습을 발견할 때마다 좋은 어른이 된다는 건 결코 쉽지 않다는 것을 느끼거든. 십대라고 해서 모든 부분에서 미숙한 게 아닌 것처럼, 어른들

역시 마찬가지지.

　세상에 완벽한 사람이 없는 것처럼 완벽한 부모, 완벽한 어른도 없어. 각자가 생각하기에도 부족한 모습이 있을 거야. 우리에게 충분한 애정을 주지 못했을 수도 있고, 우리가 잘되길 바라는 마음에 비추었던 말과 행동이 간섭처럼 보였을 수도 있지. 그럼에도 변하지 않는 사실은 우리가 사랑받고 있다는 거야. 다만 우리 모두가 서로 다른 사람인 것처럼, 부모님과 주변 어른들 역시 자라온 환경과 생각이 다르다 보니 응원의 마음을 전하는 방식에서 오해가 생기는 거지.

　부모님이 날 사랑하는 건 맞지만 표현이 서툴 뿐이라는 걸 인정하고 나면 그 마음을 조금이나마 헤아릴 수 있게 돼. 하지만 내 인생의 모든 결정을 타인에게 미루거나 맡길 순 없으니, 자신을 제대로 표현하는 일은 무척 중요해. 삶을 스스로 정하고 미래로 나아가려는 과정에서 사람들과 의견 충돌이 생기는 경우가 많을 거야. 부모님을 비롯한 어른들은 날 걱정해서 하는 말인데, 나를 이해해주지 못하는 것 같아 서운한 마음이 들 수도 있어. 그러니

더더욱 나의 생각을 올바르게 표현할 수 있어야 해. 내 생각과 가치관을 명확히 전달해야 서로에게 오해가 생기지 않을 수 있거든.

내게는 언니 외에도 동생이 한 명 있어. 동생은 음악을 하고 싶어 했고 대학교도 기타 전공을 희망했지만 부모님이 많이 반대하셨지. 훗날 동생이 마주할 수도 있는 현실적인 어려움 때문이었어.

그럼에도 불구하고 동생은 부모님을 설득하기 위해 무작정 소리를 지르고 화를 내기보다 자신의 미래 계획을 구체적으로 정리해서 부모님께 보여 드렸어. 어떻게 대학교에 진학할 것인지, 5년 후, 10년 후에는 자신이 어떤 기타리스트가 될지, 무슨 일을 하며 경제생활을 할지 상세하게 설명해 두었더라. 부모님은 동생이 진지하게 정리한 계획표를 보면서 반대했던 처음의 마음을 많이 내려 놓으셨어. '아, 얘가 정말 진심으로 하고 싶어 하는구나' 하면서 말이야.

이처럼 어른들이 우리에게 전하려는 진짜 마음은, 결

국 우리가 잘되길, 행복하길 바라는 뜻일 거야. 그 마음을 천천히 더듬어 가면서 나는 어떤 걸 했을 때 행복한 사람인지, 무엇을 하고 싶은지 제대로 표현하는 순간이 있어야 한다고 생각해. 말하지 않으면 모른다고 하잖아? 우리가 어떤 생각을 갖고 있는지 제대로 표현하지 않는다면 문제가 해결되기 보단 더 깊어질 수밖에 없어. 동생이 만약 자신의 절실함을 부모님께 진지하게 전달하지 않았다면 서로의 진심을 알기도 전에 부모님과 많은 오해가 쌓였을 거야.

내가 학교에서 학생들과 상담을 하다 보면 부모님이나 어른들과 한바탕 싸우고 왔다면서 속상해하는 모습을 많이 보곤 해. "엄마는 진짜 맨날 잔소리만 하세요"라고 말하면서 한숨을 푹 쉬는데……. 있잖아, 서른 살이 훌쩍 넘은 나도 여전히 부모님께 잔소리를 듣는걸. 더 재미있는 건 나에게 잔소리를 하시는 부모님도 할머니께 잔소리를 듣는다는 거지. 이제는 그 대화에 숨겨진 진심을 한번 생각해 보는 시간도 가져 보면 좋겠어. 처음엔 몰랐던 이야기들이 조금씩, 천천히 선명해질 거야!

3장
더 나은 내가 되고 싶다면

일찍 일어나는 새가 벌레를 잡는다고?

혹시 이른 아침 시간에 기상하는 게 쉬운 사람 있니? 대부분의 우리는 아침마다 잠이라는 보이지 않는 거대한 적과 싸우지. 나 역시 마찬가지야.

매일 아침마다 일어나라고 시끄럽게 우는 알람을 끄고 "5분만 더!"를 외치는 상황을 상상해 보자. 이보다 더 따뜻하고 아늑할 수 없을 것 같은 이불 속에 묻혀 있다가 엄마의 등쌀에 못 이겨 겨우 화장실로 가서 대충 세수를 하고, 아침을 먹는 둥 마는 둥 하면서 혹시 늦을까 봐 신발을 우겨 신고 학교로 달려가는 아침! 머릿속에 저절로 그려지는 익숙한 풍경이지 않아?

나도 학창 시절을 돌이켜 보면 너희들과 크게 다르지 않아. 나 역시 잠이 많아서 아침 일찍 일어나지 못했고 엄마가 밥을 먹고 가라고 외치셔도 "아침엔 잘 안 들어가!" 하며 빠르게 현관문을 내달리던 시절을 보냈어.

그랬던 내가 최근 몇 년 동안 꾸준하게 이른 아침에 일어나 하루를 시작하고 있어. 학교에 출근하기 전에 시간을 좀 더 알차게 활용하고 싶어서야. 하루하루 바쁘고 정신없는 일상에서 온전히 나의 시간을 갖는다는 건 좀처럼 쉬운 일이 아니거든.

혹시 하루 중 스스로 질문하고 생각하는 시간을 얼마나 갖니? 오롯이 나에게 집중할 수 있는 시간 말이야.

고등학생들의 일과를 관찰해 보면 오전 8시까지 등교해서 오후 4시까지 줄곧 수업을 듣고, 이후 학교에 남아 밤 10시까지 방과 후 수업과 야간 자율 학습을 하거나 학원 혹은 스터디 카페에 가더라고. 하루 종일 집 밖에서 시간을 보내는데 그동안 나 혼자 보낼 수 있는 시간은 거의 없어. 오후 10시 넘어서까지 공부하고 집에 돌아오면 녹

초가 되는 건 당연해. 지치고 피곤하고 금방이라도 쓰러져서 자고 싶은데 내일까지 해야 하는 숙제나 발표 준비는 뭐가 그렇게 많은지! 숙제를 하기 전에 휴대폰을 조금만 보기로 다짐했던 게 1시간이 되고, '아, 이제 진짜 안 되겠다' 싶어서 책상에 앉으면 새벽 1~2시가 되는 건 금방이야. 그러다 보면 아침에 피로가 풀리지 않은 채 일어나 잠이 덜 깬 눈을 비비며 학교를 가는 똑같은 생활이 반복되지. 이틈에서 자기 자신에게 집중하고 내 삶과 꿈을 고민하는 시간은 사치일 수밖에 없어.

그렇지만 지금까지의 경험을 미루어 보면 나에게 집중할 수 있는 시간은 너무 소중하고 값진 것이었어.

내가 일찍 기상하기를 실천한 이유는 정신없이 살아가는 일상에서 무기력함을 느꼈기 때문이야. 반복되는 일상이 지겹고, 빠르게 달려가는 사람들 틈에서 뒤처지는 것 같고, 뭘 해야 하는지 모르겠다는 느낌을 받았는데 그런 마음으로만 살아가면 안 될 것 같았어. 무기력함에서 벗어나려면 '아주 작은 성취'가 필요하다는 이야기를 들은 적이 있어서 내가 해낼 수 있는 작은 일을 시작해 보기로 했지. 그게 바로 '일찍 일어나기'야. 어릴 적부터 일찍 하루를 시작하는 사람들이 멋져 보였거든. 그런 나름의 이유를 계기 삼아 새벽 5시 30분에 알람을 맞추고 잠들었어. 다음 날, 여전히 졸리긴 했지만 알람 덕분에 계획했던 대로 눈을 뜰 수 있었어.

5시 30분이 이른 것 같아도 출근 준비를 하고, 학교까지 가는 시간을 계산해 보면 나에게 주어진 자유 시간은 겨우 1시간 남짓이야. 그 시간에 미뤄 두었던 책을 읽기로 했지. 어린 시절 나는 밖에 나가 노는 것보다 교실에 남아 책 읽기를 더 좋아하는 아이였는데, 고등학생 때는 공부한다고, 대학생 때는 아르바이트한다고, 직장인이 되어서는 일을 한다고 여러 핑계만 늘어놓다 보니 언제 마지막으로 독서를 했는지도 기억나지 않았거든.

그렇게 아침에 일찍 일어나 독서를 하는 날이 점차 쌓여 갔어. 일기를 쓴 날도 있었고, 아침 산책을 한 날도 있었지. 내가 좋아하는 일들로 하루를 열기 시작한 셈이야. 그러다 보니 나를 오랫동안 짓눌러 왔던 무기력함이 서서히 옅어지는게 느껴졌어. 이게 바로 작은 성취구나, 하는 뿌듯함이 들더라. 무언가 해낼 수 있는 사람이 된 것 같은 기분 말이야.

그런데 있잖아, 아침에 일찍 일어나는 생활을 해 보니 좋은 게 많더라고. 아까 얘기했던 '나에게 집중할 수 있는 시간' 기억나니? 아침 시간이 바로 나 자신에게 집중하기 위한 최적의 시간인 것 같았어.

나는 늘 북적북적한 집에서 자라서 홀로 오롯이 시간을 가질 수 있는 때가 많지 않았어. 부모님과 언니, 나, 동생, 총 다섯 명인 우리 가족은 늘 시끄럽고 복잡했기 때문에 아침부터 늦은 저녁까지 개인적인 시간을 갖기가 쉽지 않았지.

그래서 아직 아무도 깨지 않은 새벽, 따뜻한 차와 함께 보내는 시간은 그 누구의 방해도 받지 않는 나만의 시간이 되었어. 다른 때는 느낄 수 없는 고요함과 평화로움도 있었지. 특히 창밖의 풍경이 서서히 밝아 오는 모습을 보며 '오늘 하루도 잘 시작할 수 있겠다'라는 생각이 들어.

하루의 시작을 나에게 집중하며 보낸다는 것, 꽤 근사하지 않니?

물론 올빼미형인 사람들에게도 무조건 일찍 자고 일찍 일어나는 것이 좋다고 강요하는 것은 아니야. 사람마다 각자에게 맞는 수면 시간이 있거든. 그래서 자신의 수면 시간과 패턴을 아는 것이 중요한데 내가 추천하는 방법은 '수면 일기'를 써 보는 거야. 처음 수면 일기를 알게 된 것은 인지심리학자 김경일 교수님 덕분이었는데, 찾아보니 많은 전문가가 올바른 수면을 위해서 수면 일기를 쓰는 것을 추천하더라고.

방법은 간단해. 내가 몇 시에 자서 몇 시에 깼는지, 총 수면 시간은 얼마나 되었는지, 그다음 날 나의 기분이나 행동은 어땠는지 적어 보는 거야.

오후 11시에 자서 오전 7시에 일어났다면 총 8시간의 수면 기록을 하고, 하루를 보낸 후 나의 상태를 함께 적는 거지. 개운했는지, 피곤했는지, 낮잠을 잤는지와 같은 내용 말이야.

이렇게 꾸준히 기록하다 보면 언제 잠들고 언제 기상했을 때가 가장 개운한지, 몇 시간을 잤을 때 푹 잔 것 같은지 알 수 있어. 물론 평일에는 대부분의 학생들이 학교에 가야 하기 때문에 자신에게 꼭 맞는 수면 패턴을 실행하기 어려울 수 있지만, 적어도 각자의 적정 수면 시간은 찾을 수 있을 거야.

내 경우에는 7~8시간 정도가 적정 수면 시간이라 아침 기상 시간을 정해 두고, 적정 수면 시간을 지키기 위해 일찍 잠자리에 들어. 처음부터 계획대로 되지 않아도 꾸준히 이어 가는 게 중요해.

중요한 건 일찍 일어나기 위해 일찍 자는 거야. 무작정 수면 시간을 강제로 줄이는 것이 아니라, 그만큼 일찍 자야 아침에도 잘 일어날 수 있거든.

아직 할 일이 많은데 어떻게 일찍 잘 수 있는지 묻고 싶은 사람도 있을 거야. '일찍 자야지'라고 생각하다 보면 일을 빠르게 끝내기 위해 훨씬 더 효율적으로 일하게 되더라고. 혹시나 일을 다 못 끝내더라도 억지로 붙잡고 있지 말고 '내일 일찍 일어나서 해야지' 하는 마음을 가지면 훨씬 편해질 거야. 그러다 보면 내일 아침이 기다려지기도 하고, 계획한 대로 일어나야겠다는 뚜렷한 이유도 생기지. 적정한 수면 시간과 패턴을 찾는 것. 모두가 한번쯤 시도해 보길 바라.

책을 읽으면 대체 뭐가 좋은 거야?

"아이고, 그런 거 할 시간에 책이나 좀 읽어라."

혹시 이런 말을 들어 본 적 있니? 스마트폰의 세상에, 4차 산업 혁명 시대에 책을 읽으라는 말은 너무 고리타분한 이야기로만 들릴지도 모르겠어. 특히 책을 읽어야 마음의 양식이 쌓인다는 말은 도통 무슨 소리인지 이해가 안 되고 말이야. 누가 책을 읽어야 하는 이유를 명확하게 말해 줬으면 좋겠다는 생각도 해 봤을 거야. 이번엔 그 '책'에 대한 이야기를 해 볼게.

어린 시절의 나는 독서를 좋아했어. 그때는 지금처럼 스마트폰이나 OTT 같은 플랫폼이 없던 시절이니 책과 가까울 수밖에 없는 환경이기도 했지. 나는 이야기를 좋아해서 동화나, 소설은 물론이고 만화까지 섭렵해서 책방의 문턱이 닳을 때까지 다니곤 했어.

그런데 고등학생이 되고 학업에 쫓기다 보니 책을 읽을 수 있는 시간이 점점 줄었지. 대학교에 가고 졸업을 하고 임용 고시를 준비하면서도 여유 있게 독서를 할 수 있는 시간은 어렸을 적에 비하면 턱없이 부족했어. 그 시간에 학점이나 시험을 위해 공부하는 게 더 효율적이라고 믿었거든. 어느 순간부터는 그토록 좋아했던 이야기가 담긴 책 대신 경제 서적, 자기 계발 서적만 찾아 읽게 됐어. 더 열심히 살아야 한다고 나를 채찍질하기 위해 말이야.

그러던 중 동료 선생님들과 독서 모임을 시작하면서 양귀자 작가의 소설 『모순』을 알게 됐어. 동료 선생님이 함께 읽을 책으로 그 작품을 선정했거든. 사실 처음엔 흥미가 생기지 않았어. 소설을 읽지 않은 지 오래되었던 터라 바쁜 현대 사회에서 소설을 읽는 게 무슨 도움이 되는지 이해하지 못했거든. 그런데 책의 몇 페이지를 읽고 이런 내 생각이 아주 오만한 것이었음을 깨달았어. 이야기에 완전히 푹 빠져서 잠자는 것도 마다하고 책을 읽었거든. 왜냐고? 그야 너무 재미있으니까!

　소설처럼 이야기를 담고 있는 책에는 묘한 힘이 있어. 바로 읽는 사람으로 하여금 그 이야기의 주인공이 되어 생각하게 하는 힘이야. 우리는 이 과정을 통해 다른 사람의 상황과 입장을 공감할 수 있는 능력을 얻게 되지. 살아가면서 모든 걸 직접 경험할 수 없잖아? 갑자기 재벌 집 자식이 될 수 있는 것도 아니고, 저 몽골 초원에서 말을 키울 수 있는 것도 아니고, 마법사인 해리 포터가 될 수 없다는 건 말할 필요도 없겠지.

　그런데 우리는 책을 통해 다양한 세상과 삶을 간접적으로 경험할 수 있어. 재벌이 될 수도 있고, 유목민이 될 수도 있고, 마법사가 될 수도 있지. 준비물은 오직 책 한 권, 그거면 충분해. 이야기를 읽다 보면 겪어 보지 못한 다양한 사람의 삶을 들여다볼 수 있어. 예전의 나였다면 그저 무시했을 것 같은 일에도 관심을 갖고 시선을 둘 수 있는 거지.

요즘엔 여러 OTT 플랫폼에서 소설을 원작으로 하는 드라마나 영화들이 나오고 있어. 재미있게 본 영화의 원작이 소설이라고 하면, 원작에서는 어떻게 묘사되었는지 무엇이 다른지 호기심이 생길 때가 있지 않니?

나는 이민진 작가의 『파친코』를 소설로 먼저 접했는데 일제 강점기 때 일본으로 이주한 한인 가족의 이야기에 크게 감명받았어. 이렇게 소설을 읽고 드라마를 보니까 또 다르게 다가오더라. 내가 생각했던 소설 속 인물들과 실제 캐스팅된 배우들을 흥미롭게 비교해 보기도 하고, 원작의 내용과 무엇이 달리 연출되었는지 찾다 보니 드라마를 보는 것뿐인데도 훨씬 생동감 있게 몰입해서 볼 수 있었어.

책이 무작정 멀게 느껴지는 사람들이 있다면 원작을 찾아 가볍게 비교하며 읽어 보는 것도 책과 가까워지기 위한 좋은 방법이라 생각해.

책과 친해지기 위한 또 다른 방법은 바로 '책꾸'를 해 보는 거야. 다이어리를 예쁘게 꾸미는 것을 '다꾸'라고 하는 것처럼 '책꾸'는 책장, 책, 독서 노트 등을 내가 좋아하는 방식으로 꾸미는 거지.

나는 표지가 예쁜 책을 시리즈로 모아 책장에 반듯하게 정렬해 놓는 것을 좋아해. 그렇게 하면 책장을 바라만 봐도 마음이 흐뭇해져. 세계 문학 시리즈나 초판본 시리즈처럼 처음에는 표지에 반해 산 책도 그렇게 책장을 꾸미고 나면 자연스럽게 꺼내 읽게 되더라.

또 다른 나의 책꾸는 책에 이런저런 낙서를 하는 거야. 여기까지 들으면 '책에 어떻게, 왜 낙서를 해?'라고 생각할지도 모르겠어. 나는 사람들이 책을 어렵게만 생각하지 않았으면 좋겠어. 책을 읽을 때 연필을 들고 인상 깊은 구절에 밑줄을 긋거나 나의 생각을 적다 보면 책 속의 이야기가 훨씬 가깝게 느껴지거든. 이렇게 각자의 방식으로 독서를 하면 어느새 책과 친해지고 독서의 즐거움까지 흥미롭게 경험해 볼 수 있을 거라고 생각해.

어때, 생각보다 책이 그저 따분한 고대 유물처럼만 느껴지진 않지? 독서라는 건 반듯하게 책상에 앉아 정독하는 것만이 전부는 아니거든. 나는 너희들이 다양한 방식으로 책을 즐길 수 있었으면 좋겠어. 원작도 찾아보고, 낙서도 하고, 예쁘게 꾸미기도 하면서 말이야.

나아가 친구들과 함께 독서 모임을 하는 것도 추천해. 세상에 다양한 주제의 책이 있는 만큼, 친구들과 나눌 수 있는 대화의 주제 또한 무궁무진하거든.

내가 하고 있는 독서 모임은 함께 읽을 책을 정해 한 달에 한 번 같이 읽고 이야기를 나누는 형식으로 진행돼. 여럿이서 함께 책을 읽으니까 독서에 대한 의지도 생기고, 같은 책에 대해 다른 사람들의 의견도 들을 수 있어서 더 넓고 깊게 책을 이해할 수 있게 되었어. 혼자서만 책을 읽었다면 이런 기회를 얻기가 어려웠을 텐데, 이렇게 독서 모임을 하면서 직접 찾아 읽지 않았을 다양한 책들을 알게 된 덕에 세상을 넓게 바라보는 기회를 얻은 거지.

자, 이제 한층 더 독서를 쉽게 시작해 볼 수 있을 것 같지 않아? 이처럼 책을 즐기는 것에 정해진 방법은 없어. 내가 원하는 방식으로 자유롭게 읽으면 되는 거야. 짧은

숏 폼 형식의 영상들이 대부분의 여가 시간을 차지하는
요즘, 다양한 방법으로 책과 가까워질 수 있으면 좋겠어.
혹시 너희들만의 흥미로운 독서법이 있다면 마음껏 들려
주길 바랄게!

건강한 몸, 건강한 마음
- - - - - - - - - - - - - - - - -

애들아, 혹시 꾸준히 운동하니? 고등학생이 되면 운동할 기회가 많이 사라져. 체육 수업 시수는 줄어들고, 저녁 늦게까지 학교에 앉아 공부만 하다 보니 운동할 틈이 없지. 게다가 먹고 싶은 건 왜 이렇게 많고 배는 항상 고픈 건지! 내가 고등학생일 때도 앉아서 공부만 했던 탓에 자연스럽게 운동과 멀어졌었어. 그러다 직장인이 되면서부터 이전과 달리 체지방률이 올라가고 몸 곳곳이 아프기 시작해서 운동의 필요성을 절실하게 느끼게 되었지.

나는 학생들에게 운동을 해야 한다고 늘 강조하는데 바로 체력 때문이야. 어떤 일을 하기 위한 에너지는 결국 체력에서 나오거든. 우울감을 느낄 때 몸을 움직이라는 이야기를 들어 봤을 거야. 운동을 한다고 다 해결되는 건 아니지만 지친 삶을 지탱하기 위한 기본적인 요소가 체력이라고 생각해.

내가 좋아하는 영어 속담 중에 'A sound mind in a sound body'라는 말이 있어. '건강한 신체에 건강한 정신이 깃든다'라는 뜻인데, 이 속담처럼 몸과 정신은 떼려야 뗄 수 없이 상호 작용하며 연결되어 있는 관계야. 몸이 피곤하거나 아팠을 때 잔뜩 예민해지고 짜증 났던 적 있지? 나도 그런 적이 많아. 몸이 무겁고 지치니까 만사가 귀찮고, 아무것도 하기 싫어지면서 머릿속에 부정적인 생각이 가득했던 적 말이야. 특히 오후 10시까지 학교에서 학생들의 자율 학습 감독을 하고 온 날에는 온몸이 녹초가 된 것 같아서 매일 쓰는 일기도 쓰기 싫고 빨리 침대에 눕고 싶더라.

그래서 우리는 체력을 단련해야 해. 몸이 피곤하고 지칠 때 부정적인 생각이 많아진다면, 몸에 힘이 나고 컨디션이 좋을 땐 긍정적이고 밝은 생각을 많이 할 수 있다는 뜻이기도 하잖아. 마음의 힘이 부족해지더라도 몸의 힘이 남아 있으니 루틴을 지키고, 좋아하는 일을 하며 마음을 회복시킬 수 있는 거지.

나도 처음부터 체력이 좋은 편이 아니었어. 그러다 보니 사람들을 만나 어울리는 것조차 귀찮고 힘든 일로 느껴져서 피할 때가 많았지. 이래서는 안 되겠다 싶은 마음에 수영, 필라테스, 헬스 등 다양한 운동을 시도했는데 생각만큼 재미가 붙지 않더라고. 늘 가기 귀찮고 미루고 싶은 마음으로 운동을 했었어.

그러던 중 동료 선생님들과 학교 축제 무대를 준비하며 춤 연습을 하는데 잠깐 동안 춤을 추어도 땀이 비 오듯 나면서 힘든 운동을 한 것 같았지. 함께 연습을 하던 모두와 호흡을 맞춰 가는 과정도 너무 재미있었어. 음악에 맞춰 몸을 움직이는 것이 즐거운 운동이 될 수 있다는 것을 알게 된 나는 관련 콘텐츠를 더 찾아봤어. 이미 여러 플랫폼에서 K-pop 다이어트 댄스와 줌바 댄스 등 집에서 운동으로 따라할 수 있는 영상들이 많더라고. 덕분에 나도 운동에 재미를 붙일 수 있었어. 뻣뻣하게 움직이는 내 모습이 우스꽝스럽기도 했지만 신나는 음악에 맞춰 춤을 추는 게 즐거워서 스트레스 받지 않고 유쾌하게 운동을 즐기게 된 거야.

이렇게 일주일에 3, 4회씩 땀이 날 만큼 규칙적으로 운동하는 걸 습관화하니까 예전처럼 쉽게 피로를 느끼는 경우가 현저히 줄어들었어. 아침에 일어나는 것이 한결 가벼워졌고, 밤늦게까지 야간 자율 학습 감독을 하고 온 날에도 밀린 집안일을 하고, 여유롭게 일기도 쓰며 하루를 마무리할 수 있게 된 거야. 무엇보다 무기력과 우울감에서 벗어날 수 있었어. 건강한 신체에 건강한 정신이 깃든다는 말을 직접 체감했었지.

그러니 흥미를 느낄 수 있는 운동이라면 우선 시작해 보라고 말하고 싶어. 하지만 고등학교 교사로서 이런 이야기를 하는 게 안타깝기도 해. 아침 일찍 등교해서 밤 10시가 넘어서야 하교하는 학생들에게 각자가 즐길 수 있는 운동을 찾으라는 조언이 현실적으로 가닿지 않을 것 같거든. 그럼에도 종일 책상 앞에 앉아 있는 학생들에 겐 몸을 움직이는 활동이 반드시 필요해. 그래서 추천하는 게 점심시간의 짧은 산책이야.

우리 학교는 점심시간만 되면 운동장을 걷는 학생들로 붐벼. 마치 회전 초밥같이 빙빙, 운동장 트랙을 걷는 거야. 특별한 무언가를 하지 않아도 그저 천천히 걷거나, 가볍게 뛰는 정도여도 충분해. 걷기는 수많은 연구진과 전문가가 추천하는 아주 효과적인 유산소 운동 중 하나이기도 하거든.

점심시간을 활용한 산책은 그저 운동 효과만 있는 것은 아니야. 학교에서 친구들과 함께 걷다 보면 그동안 못 했던 이야기를 나눌 수도 있고, 좋아하는 음악을 들으며 기분 전환을 할 수도 있지. 교실에만 앉아 있느라 보지 못했던 하늘을 실컷 보며 그날그날 달라지는 구름 모습을 사진으로 간직할 수도 있을 거야.

모든 일이 그렇듯 운동을 한다고 해서 체력이 한순간에 좋아지는 건 아니지만, 꾸준히 한다면 확실히 달라지는 몸을 느낄 수 있을 거야. 편안하게 숙면을 하고 나면 전날보다 컨디션이 훨씬 좋아지는 걸 느끼잖아? 그것과 비슷해. 운동을 하고, 건강한 영양소가 포함된 식단을 섭취하다 보면 몸은 내가 공부를 할 때도, 마음이 울적할 때도 나를 지탱해 주는 든든한 아군이 될 수 있어.

그러니 몸이 건강할 때일수록 각자의 몸과 마음을 더 챙겼으면 좋겠어. 힘든 일이 생겨도 굳은 체력으로 이겨 나갈 수 있도록 말이야.

나만의 루틴이 필요해

혹시 부모님이랑 싸울 때 이런 말 해 본 적 있니?

"내 인생이야! 간섭하지 마!"

그렇다면 말이야, 이렇게 질문해 볼게. 과연 우리는 각자의 인생을 위해서 무엇을 하고 있을까?

부모님이 깨워야 겨우 일어나는 아침, 밥을 대충 입에 욱여넣고 가는 학교, 수동적으로 듣는 수업, 하교 후 끌려가듯 가는 학원, 누워서 휴대폰을 보다 잠드는 밤.

이런 일과에서 진짜 '나'의 모습은 어디에 있는지 생각해 본 적 있어? 내 인생이니 내가 가꿔 나가는 것이 맞을텐데, 정작 현실은 어른들의 잔소리를 피하다가 그냥 정해진 대로 흘러가듯 살아가는 것 같을 때가 있어.

이렇게 사는 건 무의미한 것 같은데 도대체 뭘 해야 할지 모르겠을 때, '나만의 루틴' 만들기를 추천하고 싶어. 내가 원하는 삶을 살기 위해 하루를 계획하고 습관으로 만드는 과정은 무척 중요하거든.

나도 뚜렷한 루틴을 만들기 전에는 생각나는 대로 하루를 보냈어. 졸린 눈을 비비며 일어나서 허겁지겁 출근하고 지친 몸을 이끌고 퇴근한 뒤 대충 저녁을 챙겨 먹고 잠드는 하루 말이야. 그러다 문득 이렇게 끌려가듯 사는 게 맞나 싶어서 그때부터 나만의 루틴을 생각해 보게 되었어.

『아주 작은 습관의 힘』의 저자 제임스 클리어는, 우리는 어떤 사람이 되고 싶은지 스스로 결정할 수 있다고 얘기해. 정체성을 확립하고 나서 각자에게 맞는 습관을 만들어 나가자는 거야. 단순히 아침에 일어나 이불을 정리하는 것에 그치지 않고 '나는 정리 정돈을 잘하는 사람이야'라는 정체성을 갖고 침구 정리를 한다면 그 습관을 꾸준히 이어 나갈 수 있게 된다는 거지.

이처럼 내가 바라는 하루를 위해서는 나의 정체성을 먼저 확립하고 그에 맞는 루틴을 만들어야 한다는 것을 알게 되었어. 내가 원하는 하루는 어떤 모습인지, 나는 어떤 사람이 되고 싶은지 생각하는 건 그래서 중요해.

나는 부지런한 사람이 되고 싶어서 아침에 일찍 일어나 이불을 개고 양치를 하고 출근 전 책을 읽거나 운동을 해. 기록하는 사람이 되고 싶어서 자기 전 매일 짧은 일기도 쓰지. 지금 쓰는 다이어리는 '3년 다이어리'인데, 한 페이지가 세 칸으로 나뉘어 있고 3년 치의 오늘 날짜가 적혀 있어. 예를 들어 10월 1일 페이지에 2023년, 2024년, 2025년의 일기 칸이 함께 있는 거야. 덕분에 일기를 쓰면서 작년 오늘에는 무엇을 했나 읽어 볼 수 있는데 이게 꽤 즐겁더라고. 그리고 책과 가까운 사람이 되고 싶어서 하루에 5분이라도 짬을 내서 책을 읽고 있는데, 덕분에 바쁜 직장 생활을 하면서도 꾸준히 독서를 이어갈 수 있게 됐어.

부지런한 사람, 기록하는 사람, 책과 가까운 사람.

이렇게 정체성을 만드니까 '나는 그런 사람이야'라는 생각을 곱씹게 돼서 꾸준히 루틴을 지켜 나갈 수 있는 동력도 생겼지.

루틴을 만들어야 하는 또 다른 이유는, 일상이 무너졌을 때도 다시 일어날 수 있는 힘을 쌓는 과정이기 때문이야. 우리의 삶은 항상 행복하고 좋을 순 없어서 힘들고 속상한 일들도 생기기 마련이거든. 아니, 행복하고 좋은 날보다 힘들고 어려운 날이 더 많을 수도 있어. 그런데 나만의 루틴을 만들면 깊은 우울감을 느끼다가도 루틴에 따라 움직이게 돼. 그러다 보면 건강한 일상으로 돌아가는 작은 의지를 얻을 수 있지.

요즘 나의 습관 중 하나는 매일 언어 학습 앱으로 새로운 언어를 공부하는 거야. 지금은 독일어와 스페인어를 공부하고 있는데, 이 글을 쓰고 있는 지금까지 719일째 이어 오고 있어. 앱을 활용하니까 짧게라도 매일 언어 공부를 하게 되고 그렇게 기록이 쌓이니까 중간에 흐름이 깨지는 것이 아까워서 계속하게 되더라고. 무척 지치고 울적한 날에도 기록이 깨지니 얼른 공부하라는 앱 알림이 뜨면 '아, 그래도 이건 해야지' 하면서 공부하는 거지. 신기하게도 아주 잠깐이나마 생산적인 일을 하고 나면 '그래, 이제 일어나서 집안일이라도 좀 하자' 하면서 우울의 늪에 빠지지 않게 되더라.

　이번 기회에 너희도 각자의 루틴을 생각해 보길 바랄게. 매일매일 할 수 있는 쉽고 단순한 것이면서도 나에게 힘이 되는 루틴은 뭐가 있을지 떠올려 보는 거야. 일어나자마자 이불을 개고 침구를 정리하는 것부터 얼마든지 작은 루틴이 될 수 있어. 이런 습관이 하루 이틀 자리를 잡게 되면 지친 하루 속에서 나 자신을 지킬 수 있게 될 거야. 기대할게, 너희가 맞이할 새로운 하루를!

유튜브를 시작해 보자!

학교에서 학생들한테 "선생님 유튜버 해!" 하고 말해 준 적이 없는데도 알고리즘 덕분에 나의 또 다른 직업이 탄로 났지 뭐야. 처음에는 무척 부끄럽고 숨기고 싶었는데, 피할 수 없다면 즐기라는 말이 있잖아? 이제는 학생들이 "쌤, 유튜브 봤어요!" 하면 아무렇지 않게 "좋아요, 구독 눌렀지?" 답하면서 가볍게 웃어넘길 수 있게 됐어.

십대들 사이에서 인기 있는 장래 희망 중 하나가 유튜버라는 이야기를 기사에서 접하곤 해. 연예인 못지않게 유튜버들이 인기를 얻고 있고, 다양한 콘텐츠를 개성 넘치게 만드는 시대이다 보니 꽤 매력적인 직업으로 보이는 것 같아. 그런데 유튜브의 세계를 어느 정도 경험해 본 입장에서 이야기해 보자면, 겉으로 보이는 것만큼 간단하고 단순한 일은 아니라는 거야. 어떤 콘텐츠를 올릴지 매일 고민하고 영상을 편집하고 사람들의 반응을 관찰하는 등, 이 일련의 과정들이 그저 쉽기만 한 건 아니거든.

혹시 10분짜리 영상 한 편을 편집하는 데 얼마의 시간이 걸리는지 아니? 촬영부터 시작해서 내용과 어울리게 컷 편집을 하고 자막을 달고 인코딩 후 업로드하는 데까지 내 기준으로 최소 4~5시간이 걸려. 영상 분량에 따라 9~10시간씩 걸리기도 하지. 많은 사람들이 봐 주길 바라는 마음으로 열심히 영상을 편집해서 올리는데, 기대보다 조회 수가 낮으면 계속 신경이 쓰여. '다음 영상도 이렇게 조회 수가 안 좋으면 어떡하지' 하는 걱정으로 시간을 보낼 때도 있어.

거기에 얼굴도 모르는 익명의 누군가가 악의적인 댓글이라도 달면 속상한 마음은 더 커져 가지. 영상 속에서 짧게 비치는 나의 행동과 생각을 왜곡해서 공격적으로 달린 댓글을 마주하는 건 유쾌한 일은 아니거든.

　이미 유튜브가 수많은 콘텐츠로 포화 상태란 사실은 대부분 잘 알고 있을 거야. 눈에 띄지 못한 채 조용히 사라지는 채널들이 얼마나 많은지 몰라. 알고리즘의 선택을 받기 위해 자극적인 섬네일과 제목으로 가득 찬 유튜브 화면을 보면 무엇이 본질이었는지 헷갈리기도 하지. 유튜브라는 레드 오션에서 살아남기 위해서는 양질의 콘텐츠도 중요하지만 동시에 운도 큰 영향을 미치는 요소 중 하나라고 생각해.

　유튜브가 힘들다는 얘기만 계속했나? 그런데 누군가 나에게 이전으로 돌아가서 그때도 지금처럼 유튜브를 할 거냐고 물어본다면, 주저하지 않고 그렇다고 대답할 거야. 유튜브 덕분에 세상을 바라보는 나의 시각이 넓어졌고 경험해 보지 않은 수많은 기회를 얻게 되었으니까. 만약 내가 도전하지 않았더라면, '유튜브로 성공하기 힘드니 시작도 하지 말아야지'라고 생각했을 테고, 이렇게 너희들을 위한 책을 쓸 일도 없었을 거야.

내가 브이로그 영상을 처음 올렸을 당시만 해도 기간제 교사에 관한 영상 콘텐츠가 많지 않았어. 그때 마침 학교를 배경으로 기간제 교사에 관한 내용을 다룬 드라마 〈블랙독〉이 큰 인기를 끌면서 내 영상도 관심을 받게 되었지. 덕분에 채널도 성장하게 되었으니 운이 참 좋았지.

이처럼 우리가 아무것도 하고 있지 않으면 행운이 찾아오더라도 그 기회를 잡을 수 없게 돼. 행운이란 아무것도 하지 않은 상태에서 저절로 일어나는 일이 아니라, 그것을 적절하게 받을 수 있는 조건을 갖추고 있을 때 더 큰 의미로 다가오거든.

독자 중에도 유튜브를 직접 해 보고 싶은 사람이 많이 있을 거야. 나는 주변 친구들부터 직장 동료, 학생들에게서 "유튜브 한번 해 볼까요?"라는 이야기를 정말 많이 들었어. 게다가 교사, 유튜버, 작가로 살다 보니 어떻게 유튜브를 시작하는지, 수익 창출은 어떤 구조로 이루어져 있는지, 촬영과 편집은 어떻게 하는지 등 다양한 질문을 받곤 하지.

이렇게 질문해 온 사람 중에 실제로 행동으로 옮긴 사람은 의외로 아주 극소수야. 시작했다고 하더라도 꾸준하게 이어 가는 사람은 더더욱 찾아보기가 힘들어. 매번 낮은 조회 수가 나오더라도 계속 영상을 업로드한다는 건 결코 쉬운 일이 아니거든.

그럼에도 잊지 않고 부지런히 콘텐츠를 이어 가는 게 중요한 이유는 혹시라도 우연하게 내 영상을 발견하고 시청한 사람을 구독자로 만들기 위함이지. 채널에 관심이 갈 만한 영상이 많아야 구독도 하고 영상을 시청하는데, 업로드된 영상이 겨우 한두 개뿐이면 흥미는 금방 사라지겠지. 그만큼 유튜버가 된다는 것은 실행력과 끈기가 필수야. 그런데 있잖아, 세상에 실행력과 끈기가 안 중요한 일이 있을까?

그래서 나는 사람들이 무엇이든 우선 시작해 봤으면 좋겠어. 특히 요즘처럼 유튜브의 인기가 높은 시대에 구독자에 그치지 않고, 직접 촬영도 하고 편집도 하면서 유튜버의 세계에 도전해 보는 것을 추천해. 직접 경험해야 알게 되는 것이 있으니까! 시작하기 전에는 아무것도 알 수 없거든.

유튜버를 꿈꾸고 있는 사람들에게 조금 더 구체적인 이야기를 해 줄게.

첫 번째, 가능한 것부터 도전하기.

유튜브보다 접근하기 쉬운 플랫폼부터 시작해 봐. 영상을 찍고 편집하는 것보다 글을 쓰고 사진을 찍는 게 더 간단하거든.

추천하는 플랫폼은 바로 블로그야. 나도 유튜브를 시작하기 전에 블로그를 먼저 했어. 예쁜 카페를 좋아해서 자주 찾아다니며 사진으로 남겼는데 그렇게 찍은 사진들을 혼자 보기가 아깝더라고. 그러다가 블로그를 한번 해 보라는 동생의 말까지 더해져서 내가 방문했던 카페의 사진과 정보들을 블로그에 올리기 시작했어. 생각보다 포털 사이트 검색을 통해 블로그에 들어오는 사람들이 많더라고. 게시글을 보는 방문자가 늘어나자 나도 재미가 들려서 카페 사진뿐만 아니라 일상 사진, 수업 자료 등을 올리기 시작했고 블로그의 방문자 수도 많아졌어.

그렇게 유튜브 채널을 개설하고 첫 영상을 올린 뒤 블로그에도 소식을 알렸는데, 감사하게도 영상을 보고 구독해 주는 분들이 생겨서 조회 수 0이라는 슬픔에서 벗어날 수 있었지.

두 번째, 장비 부담 내려놓기.

휴대폰 카메라로 먼저 촬영을 해 보는 거야. 유튜브를 하면서 사람들이 많이 물어보는 것 중 하나가 카메라 기종에 관한 거야. 내가 쓰는 카메라는 특별하지 않아. 그저 휴대폰에 달린 기본 카메라를 쓰거든. 나는 어렸을 때부터 사진 찍는 것을 좋아해서 대학생 때는 전문가용 카메라를 들고 다닐 정도였는데, 요즘에는 카메라 화질이 예전과 비교할 수 없을 정도로 훌륭해졌잖아. 덕분에 무거운 카메라를 따로 들고 다니지 않아도 휴대폰 카메라로 촬영을 할 수 있게 됐지. 그러니 장비에 대한 부담으로 시작을 미루지 않았으면 해.

세 번째, 나만의 이야기 찾기.

자신의 이야기를 하는 것을 두려워하지 않는 거야. 유튜브에서 가장 중요한 것은 영상의 내용이거든. 그 넓은 시장에서 살아남으려면 자기만의 이야기가 필요해. 사실 이건 유튜브뿐만 아니라 모든 일에 적용되는 말이기도 하지. 비슷한 이야기 중에서도 사람들이 내게 관심을 갖게 하기 위해서는 남들과 다른 게 무엇인지 알아야 해. 여기서 나의 경험들이 빛을 발하지. 내가 겪은 실패와 좌절의 경험이 누군가에게 위로와 힘이 될 수 있다는 사실이 유튜브의 순기능 아닐까?

'오디너리 스쿨'이 많은 사람의 공감을 얻을 수 있었던 것 역시 나의 불안정한 상황을 인정하고 이야기했기 때문이라고 생각해. 열심히 공부했지만, 시험에서 번번이 불합격의 아픔을 맛봐야 했고 기간제 교사로 교직을 시작하면서 억울하고 힘든 일도 많이 겪었어. 교사가 되려고 하는 사람뿐만 아니라 수많은 사회 초년생이 겪을 수 있고 공감할 수 있는 내용이었기 때문에 관심을 받게 된

것 같아. 그러니 남들과 다른 나만의 이야기가 있다면 그
것을 특별하게 다듬어 가는 것부터 시작하길 바라.

4장
아껴 두었던 이야기

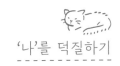

"공부하는 게 너무 싫어요. 학교 가서도 공부, 학원 가서도 공부, 방학 때도 공부. 진짜 지긋지긋해요!"

공부에 관한 주제는 학생들이 자주 전하는 고민 중에 하나야. 익숙해질 법도 하지만 여전히 마음을 무겁게 하는 이야기지. 오랜 시간 기억에 남을 학창 시절이 재미없게만 느껴진다는 사실이 슬프고 안타깝거든. 동시에 걱정도 많이 돼. 공부에 대한 부정적인 감정으로 배움의 즐거움까지 놓쳐 버릴까 봐.

내 동생은 어렸을 적부터 공부에 큰 흥미가 없었어. 책을 읽거나 공부를 하는 것보다 조립식 블록으로 자기만의 성을 만들거나 로봇 그림을 그리는 것에 더 많은 관심을 보였지. 앞에서 잠시 소개해 주었지만, 그런 동생이 중학교 때부터 기타를 배우기 시작하더니 단순히 취미에서 끝내지 않고 클래식 기타 전공으로 대학교에 입학했지 뭐야. 생전 공부에 담쌓고 살던 애가 하고 싶은 것을 배우게 되니까 엄청나게 집중해서 열심히 공부를 하더라고. 특히 악곡의 구조와 구성을 이해하기 위한 화성학이라는 수업이 있는데, 남들이 다 어려워하는 이 과목이 가장 재미있다면서 학구열을 뽐내는 모습에 깜짝 놀랐어.

동생은 결국 성적 장학금을 받고 차석으로 대학교를 졸업했는데, 그 소식을 듣고는 사실 얼마나 실감이 나지 않았는지 몰라. 공부와는 거리가 먼 것 같았던 동생이 주체적으로 이루어 낸 좋은 결과를 보며 대견하고 신기해 했지. 이런 게 정말 배움의 즐거움이구나 싶더라고.

이처럼 배움의 즐거움을 느끼기 위해서는 내가 무엇을 좋아하는지 아는 것이 첫 번째야. 좋아하는 게 있으면 그 분야를 깊게 알아 가고 싶은 마음이 생기잖아. 혹시 좋아하는 가수나 배우, 운동선수 등을 '덕질'해 본 적 있어? 덕질이란 단순한 호감 그 이상으로 어떤 대상이나 일에 몰입하는 것이라고 생각해. 이렇게 덕질을 하다 보면 누가 시키지 않았어도 이것저것 정보를 모으고, 세세한 것 하나하나 찾아보게 되지. 물어본 사람도 없는데 하나라도 더 얘기하고 싶어서 안달 나고 말이야. 누군가는 좋아하는 게 없다고 말할지도 모르겠어. 학생들과 대화를 하다 보면 생각보다 자신이 좋아하는 것이 무엇인지, 어떤 것에 관심이 있는지 잘 모르는 경우도 많거든.

그렇다면 '나'를 덕질해 보는 건 어떨까? 누구보다 가장 가까운 사람이자 친구인 내가 좋아하는 것은 무엇인지, 싫어하는 것은 무엇인지 관찰하며 알아보는 거야. 마치 좋아하는 대상을 덕질하듯 말이야.

이전에 학생들과 함께 나의 자랑하고 싶은 점, 고치고 싶은 점, 가치 있게 여기는 점에 대해 직접 적어 보는 시간을 가진 적이 있어. 생각보다 많은 친구들이 빈칸 채우는 걸 어려워하더라고. 이처럼 우리가 자기 자신에 대해 잘 알고 있다고 말하는 건 당연한 일이 아닐지도 몰라.

내가 어떤 사람인지 알게 되면 수많은 선택과 결정의 문제에서 최선의 선택을 내릴 수 있게 돼. 자신에 대한 이해가 충분한 상태에서는 어떤 결정이든 날 위한 결정이 되니까 말이야.

앞서 말했듯 내가 좋아하는 것에 관심을 쏟아서 무언가를 배우는 일을 더 확장해 나갈 수도 있고, 나에게 맞는 직업을 향해 진로를 설계하여 열심히 달려 나갈 수도 있지. 자신을 덕질하는 과정에서 필요한 건 다양한 경험을 하고 여러 사람들을 만나며 그 속에서의 나를 관찰하는 거야. 익숙한 환경에서는 몰랐던 사실을 다양한 환경에 처해 보고 겪으면서 나를 더 알아갈 수 있거든.

예전에 오스트리아 여행을 갔을 때였어. 그동안 틈틈이 공부했던 짧은 독일어로 가게에서 점원과 대화를 나누는데 무척 뿌듯하고 재미있었지. 비록 기본적인 의사소통이었지만 책으로 공부한 언어가 실제 대화에서 통한다는 희열이 어찌나 크던지, 앞으로 계속해서 언어를 공부하고 싶다는 마음이 들었어. 원래도 언어를 배우는 걸 좋아했지만 이런 경험들이 쌓이면서 새로운 목표가 생겼어. 여행 갈 나라의 언어를 배워서 직접 의사소통하며 다니는 거지! 이것 역시 내가 나를 잘 알기 때문에 세울 수 있는 목표이지 않을까?

공부에 대한 고민에 대해서도 비슷한 맥락으로 봐 주었으면 해. 내가 담임 교사로 있었던 반에 영어 실력이 늘지 않는 학생이 있었어. 성실한 데다 영어를 배우고자 하는 의지도 있었지만 기초가 잘 쌓여 있지 않다 보니 영어 모의고사 지문을 무척 어려워했어. 그런데 중요한 건 이 학생이 자기는 못 한다고, 이미 너무 늦었다고 포기하지 않았다는 사실이야. 모르는 것은 모른다고 인정하면서 계속 질문하고 알려 달라고 하는데, 귀찮기는커녕 기특하기만 하더라고.

그렇게 차근차근 부족한 부분을 쌓아 가다 보니 성적이 점점 오르는 게 보였어. 그러던 어느 날 "선생님, 저 이제 영어가 재밌어졌어요!" 하며 말하더라. 영어 선생님으로서 이렇게 기쁜 일이 어디 있겠어. 아마 그 학생에게 영

어란 더 이상 어렵기만 한 과목이 아니라 즐거움을 느낄
수 있는 대상이 되었을 거야.

　　이처럼 학생들이 성적을 위한 공부에만 몰입하느라 각
자가 진정으로 관심을 두고 싶어 하는 일이 무엇인지, 그
것을 배울 수 있는 기회를 놓치진 않았으면 좋겠어.
　　자, 그러니 지금부터 해 보는 거야! 나를 덕질하는 것
부터 말이야.

너희였던 나에게 알려 주고 싶은 것

누군가 나를 십대였을 때로 돌려보내 준다면 그 시기를 어떻게 보낼까? 모두 한번쯤 과거로 돌아가면 무엇을 할지 생각해 본 적 있지?

우선 나는 그토록 싫어했던 당근과 시금치를 편식하지 않고 잘 챙겨 먹을 거야. 유전자가 허락하는 한 자랄 수 있는 만큼 최대한 키가 크고 싶거든(물론 당근과 시금치가 키에 얼마나 영향을 미칠지는 모르지만). 운동도 열심히 해야지. 나이가 들고 보니 무슨 일을 하든 체력이 가장 기본이 되어야 하더라고. 아, 부모님께 짜증 좀 안 내야지. 십대 때는 뭐가 그렇게 못마땅하고 속상한 일이 많았는지. 지금 생각해 보면 철없는 행동처럼 보이기도 해. 이렇게 혼자 상상하며 글을 쓰고 있는데 불현듯 또 다른 생각이 떠올랐어.

'과연 내가 십대로 돌아간다고 해도, 이렇게 살 수 있을까?'

앞서 이야기했던 것들은 지금도 해내기가 어려운 일들인데 과연 다시 과거로 간다고 더 잘 해낼지는 모르겠어. 우리 모두 머리로는 알지만 실천하기 어려운 일이 있잖아? 지나고 보니까 '그때 그렇게 할걸' 하고 생각하는 거지, 막상 다시 돌아가도 달라질지는 알 수 없어.

내가 그랬듯이 십대 때는 내게 일어나는 모든 일이 딱히 내 일 같지 않고, 어른들의 조언은 그저 흔한 잔소리로 느껴질 거야. 그냥 이렇게 살아도 될 것 같고, 각자의 삶을 책임져야 하는 어른이 된다는 건 더욱 먼 이야기 같지. 그럼에도 나는 너희에게 이런 이야기를 들려주고 싶어.

첫 번째, 합리적인 경제관념 가지기.

나는 고등학교를 졸업하자마자 부모님의 경제적 지원

없이 독립적인 생활을 시작했어. 본가에서 통학한 덕분에 따로 거주비가 들지 않았지만 교통비, 식비, 휴대폰 요금 등 생활비는 직접 돈을 벌어 해결해야 했지. 덕분에 마트, 빵집, 드러그 스토어 아르바이트부터 학원 보조 강사까지 대학교를 다니는 내내 일을 쉰 적이 없었어.

생활비를 스스로 충당하다 보니 독립성과 생활력을 기르는 데는 도움이 됐지만, 학교 공부와 아르바이트를 병행하면서 경제나 재테크에 따로 관심을 가질 심적 여유는 없더라고. 따로 저축하는 것 없이 그저 한 달 벌어 한 달 살기 바빴고, 자연스레 계획적으로 돈을 쓰고 저축하는 올바른 소비 습관과는 멀어졌지.

사회생활을 시작하고 본격적으로 수입이 생기면서 무분별한 소비가 더 많아졌어. 결국 합리적인 소비 습관을 들이기까지 꽤 오랜 시간이 걸렸지. 학생 때부터 저축·소비·재화 등에 관심을 갖고 공부했다면 일찍이 돈을 모으고 필요한 곳에 알맞게 쓸 수 있었을 거야.

요즘은 경제나 재테크 관련 서적과 영상도 많기 때문에 이전보다 접근성이 훨씬 좋아졌어. 아직 먼 이야기처럼 느낄 수도 있지만 올바른 소비 습관과 경제관념을 갖는 것은 어떤 일을 시작함에 있어 바탕이 되는 것이니 꼭 관심을 가지길 바라.

두 번째, 많이 기록하기.

무언가 들어오는 게 있으면 나가는 것도 있어야 배움이 이루어진다고 생각해. 하루 동안 우리는 수많은 인풋$^{in\ put}$을 경험하지. 예를 들어 유튜브에서 보는 영상, 수업 시간, 책 읽는 것이 모두 우리에게 무언가를 채워 넣는 행위야. 그렇다면 우리는 얼마만큼의 아웃풋$^{out\ put}$을 만들고 있을까? 친구한테 이야기하는 것, SNS에 글을 쓰는 것, 메신저로 대화를 주고받는 것 등 쓰고 말하는 활동들이 모두 아웃풋의 한 형태야. 과연 그중에서 양질의 아웃풋은 어느 정도 될까?

좋은 인풋을 갖기란 상대적으로 쉬워. 좋은 책을 많이 읽고, 좋은 것을 많이 보고, 좋은 사람들과 좋은 대화를 많이 나누면 되거든. 하지만 그것을 아웃풋으로 만드는 일은 꽤 어렵지. 구체적인 형태로 나와야 다른 사람한테 보여줄 수 있고, 나중에 내가 다시 꺼내 볼 수 있고, 새로운 기회가 될 수 있는데 말이야. 그래서 내가 알려주고 싶은 방법은 '많이 쓰기'야. 정해진 건 없어. 무엇이든 좋아. 내가 가진 생각, 내가 한 경험부터 기록해 보는 거야. 단순히 읽는 것보다 직접 글로 써 볼 때 더 오래 기억에 남고 정리할 수 있거든.

재미있게 본 영화인데도 내용이 잘 기억나지 않았던 적 있지 않아? 그렇다면 영화를 봤던 기록을 남겨 보면 어떨까? 거창하게 리뷰를 쓰는 것이 아니라 어떤 내용이었는지, 그 영화를 보고 어떤 것을 알게 되었는지, 연기나 연출 등은 어땠는지 등 무엇이든 쓰고 싶은 것을 쓰면 돼.

영화가 아닌 자신이 방문했던 장소, 좋아하는 만화책, 구매한 물건들, 어떤 것이든 다 좋아. 소소하더라도 기록이 쌓이면 분명 큰 자산이 될 거야.

세 번째, 내 몸 생각하기.
지난번에 한 학생이 하루 종일 휴대폰을 보고 있길래 지나칠 수 없어서 한마디를 한 적이 있어.

"○○아, 그러다가 눈 나빠져."

내 말을 듣던 학생은 이렇게 답했지.

"쌤, 눈 안 나빠지던데요? 여전히 1.0, 1.5예요."

아니, 이거 너무 부러운 일인데? 어렸을 적부터 안경을 끼다가 라섹 수술을 한 나는 그 학생의 시력이 부러워서 또 한 소리를 덧붙였지.

"좋겠다! 그래도 나중에 안 좋아질 수도 있어!"

이 에피소드는 조금 웃기게 들릴지도 모르지만 십대 때는 영원할 것 같은 건강이 영원히 유지되는 건 아니라는 걸 말해 주고 싶어. 이건 나한테 하고 싶은 말이기도 해. 아직 몸의 노화가 급격하게 진행되고 있는 건 아니지만, 라섹 수술한 눈의 시력이 점점 떨어지고 몇 년 전에 다쳤던 발의 인대가 종종 쑤시는 걸 보면서 체감한 게 많거든. 지금 건강을 챙기지 않으면 몸의 기능이 예전보다 덜할 것이라는 건 분명하니까 마음이 조급해지더라고. 항상 생기 넘치고 명랑한 학생들을 보며 건강에 대해 더 많이 생각하게 돼. 그러니 이 책을 읽는 청소년들도 자기의 건강한 몸을 더 아껴 주길 바라.

어디든 떠나 보자!

혹시 혼자서 어딘가 훌쩍 떠나 본 적 있어? 반드시 먼 곳을 가는 것이 아니더라도 자전거나 버스를 타고 혹은 지하철을 타고 가본 적 없는 동네를 가는 경험 말이야. 익숙했던 곳을 떠나 조금은 생소하고 낯선 곳에서 홀로 시간을 보내는 일은 우리를 성장시키는 기회가 되기도 해.

중학교 3학년 때, 2학기 중간고사가 끝나는 날이었던 것 같아. 평상시라면 친한 친구들과 삼삼오오 모여 시내에 나가 놀았을 텐데 이상하게 그날은 혼자만의 계획으로 머릿속이 꽉 차 있었어. 무려 혼자! 다른 동네에 있는 큰 서점을 가기로 마음먹었거든.

당시의 나는 공부하는 것보다 소설책 읽는 것을 더 좋아하는 사춘기 중학생이었는데, 도서관에서는 채울 수 없는 뭔가가 서점에는 있었지. 반짝거리는 새 책들이 반듯하게 정돈된 책장을 보면 괜히 마음이 두근거린다고 해야 할까. 그런데 그렇게 좋아하던 서점에 가려면 버스를 타고 꽤 먼 거리를 이동해야 해서 겁 많은 중학생이었던 나는 마음을 굳게 먹어야 갈 수 있었지.

시험을 잘 봤는지 못 봤는지 기억은 나지 않지만, 혼자 서점에 가서 읽고 싶은 책을 읽으며 서점 내부에 있던 작은 카페에서 핫초코를 마시던 순간은 여전히 생생하게 떠올라.

그 이후 고등학생이 되어서도 종종 혼자서 어딘가를 가곤 했어. 간이 큰 듯 작아서 기차나 시외버스를 타고 한참 멀리 떠난 건 아니었지만, 시내버스 환승을 3번은 해야 하는 미술관에서 사진전을 보거나 먼 동네에 있는 카페에 가는 것처럼 사소한 일탈을 하곤 했지.

여기서의 포인트는 바로 '혼자'야. 누군가와 함께하는

시간도 너무 재미있고 즐겁지만 사실 우리는 학교나 집에서 매일 사람들과 붙어 있잖아? 가끔은 북적북적하고 익숙한 일상에서 벗어나 낯선 환경에 나를 혼자 두면, 그곳에서 한층 성장하는 나를 만나게 돼. 누군가에게 의지하지 않고 낯선 곳에서 오롯이 혼자 상황을 헤쳐 나가야 하거든. 버스를 잘못 탈 수도 있고, 길을 잃을 수도 있고, 넘어질 수도 있겠지만 그 문제를 해결해야 하는 것은 다른 누구도 아닌 나 자신이기 때문에 주저앉아 울거나 멍하니 있을 수만은 없어.

그런 상황이 두려운 것만은 아니야. 무엇이든 해 보자는 마음으로 서툴게나마 크고 작은 일을 겪다 보면 나중에는 능숙하게 문제를 해결하게 되고, 그 이후엔 어제보다 조금 더 단단한 내가 될 수 있거든.

이처럼 단조로운 일상에서 시도하는 가벼운 모험은 우리의 삶을 전보다 풍성하게 만들어 줘. 모험이란 위험을 무릅쓰고 어떤 일을 한다는 거잖아? 도전하려는 용기와 낯선 곳에서 겪는 일련의 사건들은 생각보다 훨씬 더 깊

게 내 안에 남아서 삶을 다채롭게 바꿔 줄 거야. 때로는
그런 기억들로 힘을 내어 살아가기도 하니까!

대체할 수 없는 유일한 존재가 되어라.

1도라도 부족하면 물은 영원히 끓지 않는다.

항상 최선을 다한 최고가 되자.

어려운 일은 있지만 불가능한 일은 없다.

위 문장을 읽어 보니 혹시 어떤 생각이 들어? 이번 챕터에서는 이와 관련된 이야기를 해 줄게. 이전에 내가 근무하던 학교에서 학습 플래너를 만든 적이 있어. 그때 학생들에게 건네는 응원 메시지를 작성해 주길 요청받아서 나도 생각나는 대로 적어 보았지. 얼마 뒤 시안이 나와서

훑어 보는데 거의 절반 이상은 위와 같은 내용이더라고.

죽기 살기로 노력해야 하고, 불가능한 일을 가능하게 만들어야 하고, 최고가 되어야 하고……

공부하는 학생들에게 그런 말들이 얼마나 큰 동기 부여가 되는지 잘 알고 있지만, 예전의 나는 비슷한 말을 들을 때면 버겁게 느꼈던 것 같아. 분명 최선을 다해 열심히 하고 있는데, 그게 너의 최선이냐며 다그치는 말들, 절대 포기하지 말라는 말들, 무조건 너는 할 수 있다고 하는 말들을 들으며 실패에 대한 불안은 더 커졌지. 성공하지 않으면 '내 인생은 망했다'라는 부정적인 인식도 강해졌어. 분명 자극이 되고 동기 부여가 되는 말이지만 이런 말들에 매몰되어서 실패에 각박하고 냉정한 사회가 되어 버린 건 아닐까 싶어.

한때 성공에 대한 수많은 조언을 읽으면서 '평범하면 안 되는 걸까?'라고 생각한 적이 있어. 큰 목표를 갖고 열정적으로 노력하고 달려 나가는 것도 멋진 삶이지만, 세상에 그런 사람만 존재하는 것은 아니니까. 아마도 우리의 하루를 풍성하고 안전하게 만드는 것은 보이지 않는 곳에서 묵묵히 본인의 일을 하며 책임감 있게 살아가는 평범한 사람들 덕분일 거야.

그렇다면 두 종류의 삶을 놓고 볼 때 어느 쪽이 더 성공했고 실패했는지 이분법적으로 나눌 수 있을까? 과연 평범한 삶을 실패했다고 할 수 있을까? 평범함과 특별함은 누구의 기준으로 정해지는 걸까?

나는 어릴 때부터 늘 무언가 되어야 한다는 압박감을 느끼며 살았어. 부모님께 인정받고 싶었던 마음이 커서 그랬는지 스스로의 존재감과 가치를 계속 증명해 보이고 싶었지. 그래서 자신을 더 채찍질해야 했어. 공부를 잘해서 성공하고, 돈을 많이 벌어야 한다고 말이야. 물리적으로, 정신적으로 여유가 없는 일상을 보냈지.

그런데 있잖아, 이런 생각해 본 적 있어? 우리가 무엇이 되지 않더라도 괜찮다고, 나 자체로 충분한 존재라고. 당연한 듯 당연하게 여기지 않았던 사실을 잊지 않으려면 내 삶의 기준을 다른 사람에게 두지 않는 것이 필요해.

우리 사회는 지나치게 성공을 강조해. 미디어에서는 최연소, 자수성가, 몇십 억 자산가 등의 단어를 써 가며 성공한 사람들의 완벽함에 대해 인터뷰하고 노출하지. 우리는 그런 단어와 사람을 보며 '저렇게 되어야 하는구나. 저렇게 살아야 하는구나'라는 생각을 은연중에 주입받게 돼.

하지만 그런 사람들은 아주 소수일 뿐이야. 그 소수를 제외한 대부분의 사람은 사회가 말하는 성공의 범주에 들어가지 않은 사람일 텐데, 과연 그들을 실패자라고 부를 수 있을까? 무언가가 되지 않았다고 해서 우리가 우리로서 존재하지 않게 되는 것은 아닐 텐데 말이야.

꼭 기억했으면 좋겠어. 남보다 특출난 게 없어도, 뛰어나지 않아도, 그저 평범해도, 아무것도 되지 않아도 우리는 있는 그대로 특별한 존재라는 것을.

그래서 학습 플래너에 어떤 응원 메시지를 적었냐고?

"그대만큼 사랑스러운 사람을 본 일이 없다."

_김남조, 「편지」 중에서

슬기로운 취미 생활

학기 초에 쓰는 자기소개서 기억나니? 양식은 조금씩 다르겠지만 이름과 생년월일을 적고 그 아래 특기나 취미를 적는 칸이 있잖아. 나는 모두가 서먹한 시기에 서로를 알아가고자 학생들에게 자기소개서를 쓰도록 하는데 그때 학생들이 가장 비슷한 답을 작성하는 부분이 바로 취미 칸이야. 가장 많이 언급된 취미가 무엇일지 짐작이 가니? 물론 모두 다 같진 않겠지만 내가 보았던 대답 중에는 음악 듣기, 유튜브 보기, 게임하기가 가장 많았어. 어때? 다들 공감하는 마음으로 고개를 끄덕이고 있는 것 같은걸!

솔직하게 말하자면 자기소개서에 적힌 비슷한 취미들을 볼 때면 안타깝기도 해. 우리 주변에 학생들이 취미로서 즐길 수 있는 선택지가 별로 없다는 것 같거든. 게다가 학교와 학원에서 대부분의 시간을 보내는 학생들에게 취미 생활이란 대학교에 입학하고 나서야 즐길 수 있는 사치가 되어 버렸다는 사실도 속상한 이야기야. 나만의 취미를 알아가고 가져 보는 것도 십대 때 해야 할 중요한 일 중 하나인데, 대학 입시를 위해 이조차도 먼 미래로 미뤄야 한다니 말이야.

취미가 왜 중요하냐고 물어본다면 건강하게 몸을 움직이고, 새로운 사람들과 만나며 자신이 좋아하는 분야가 무엇인지 탐색하는 등 여러 가지 이유들이 있지. 그중에서도 '나의 확장'이란 관점에서 이야기하고 싶어.

나의 확장이란 기존의 '나' 외에 새로운 정체성을 만들어 내 삶의 반경을 넓히는 거야. 그 역할로써 각자의 취미가 큰 도움이 되지. 지금껏 알고 있던 내가 아닌 다른 모습의 나를 만날 수 있는 기회가 되거든.

십대의 내가 즐기던 취미는 글쓰기였어. 한창 인터넷 소설이 유행하던 시기에 직접 창작한 소설을 온라인 사이트에 연재해 보기도 하고, 『해리 포터』 같은 판타지 소설을 쓰고 싶어서 캐릭터와 제목도 구상해 보는 등 나름대로 진심이었지.

그렇게 열정이 가득했었는데 고등학교에 진학하고 대학 입시라는 거대한 장벽에 가로막히니 글 쓰는 시간이 자연스럽게 아까워졌어. 학업과 관련 없는, 의미 없는 글을 쓸 시간에 수학 문제를 하나 더 푸는 것이 효율적이라고 생각했거든.

그러던 어느 날, 야간 자율 학습을 하고 있을 때였어. 공부가 너무 하기 싫은 마음에 노트를 펴 머릿속에 떠오르는 생각들을 적기 시작했지. 다 쓰고 나니까 생각보다 홀가분한 마음이 들더라고. 다음 날 그 글을 친구에게 보여 줬는데 친구가 "와, 네 글 너무 좋다" 하고 칭찬해 주는 거야. 예상치 못한 칭찬을 받자 그동안 외면해 왔던 '글 쓰는 나'라는 새로운 정체성이 생기는 것 같았어.

그 이후로도 공부가 하기 싫을 때마다, 하고 싶은 말이 있을 때마다 노트에 글을 쓰게 됐지. 그렇게 노트라는 작은 공간에서 나만의 세계를 확장해 나갔어. 새로운 정체성의 장점은 나의 다른 정체성이 상처를 입었을 때 '나'라는 사람 자체가 무너지지 않게 해 줄 수 있다는 거야.

고등학교 3학년 때, 대학 입시가 얼마 남지 않은 시기에 치렀던 9월 평가원 모의고사였던 것으로 기억해. 모든 선생님들이 입을 모아 중요하다고 강조하는 시험에서 기대했던 것보다 낮은 점수를 받는 바람에 세상이 무너지는 것 같았어. 이 점수로 가고 싶었던 대학교에 갈 수 있을까, 재수해야 하는 건 아닌가 하는 고민들이 꼬리에 꼬리를 물고 이어졌지. 너무 우울하고 힘들었지만 상처 입은 건 '글 쓰는 나'가 아니라 '공부하는 나'인 거잖아. 비록 성적은 떨어졌지만, '글 쓰는 나'라는 온전한 존재가 굳건히 버티고 있으니 더 깊이 스스로를 원망하거나 부정하게 되진 않더라고.

이처럼 우리는 취미 생활을 통해 자신의 내면을 다양

하게 확장할 수 있어. 축구 잘하는 나, 노래 잘하는 나, 요리 잘하는 나처럼 다양한 나를 만들어 가는 거지. 어떤 한쪽에서 상처받거나 상실감이 생겼을 때 다른 한쪽이 버팀목이 되어 줄 수 있도록 말이야.

성적이 떨어져서 우울하더라도 축구할 때만큼은 '축구하는 나'로 멋지게 경기를 뛴다거나, 부모님께 혼나더라도 노래방에서 노래를 부르며 '노래하는 나'로 기분 전환을 할 수 있잖아. 모든 것들이 공부나 성적으로 연결되는 일상에서, 잠시라도 온전히 집중하고 즐길 수 있는, 새로운 나를 발견할 수 있는 그런 취미를 만들었으면 해.

그러면 어떻게 나만의 취미를 찾을 수 있을까? 가장 단순한 방법이지만 또 효과 좋은 방법은 다양한 경험을 해 보는 거야. 너무 뻔한 말이긴 하지? 그렇지만 생각보다 우리는 정해져 있는 삶에 익숙해서 여러 경험을 할 기회를 놓칠 때가 많아.

최근에 조카가 우리 집에 놀러 와서 많은 시간을 보내게 됐어. 조카가 한창 퍼즐에 빠져 있는 때라 100조각짜리 퍼즐을 가져왔는데 다섯 살짜리 아이가 혼자 하기엔 무척 어렵더라고.

어쩔 수 없이 내가 같이해 주었는데 생각보다 너무 재미있는 거야. 퍼즐이 나에게도 쉽지 않아서, 여기에 이 조각이 맞을까 저 조각이 맞을까 고민하며 완성해 가는데 다른 생각 없이 집중할 수 있는 순간이 얼마 만인가 싶었어. 그렇게 퍼즐을 완성하고 보니 오랜만에 성취감도 느꼈지. 조카 덕분에 이제 나에게도 퍼즐이란 취미가 생겼어.

다양한 경험이란 이렇게 사소한 일이야. 친구와 대화를 하다가, 동생과 놀다가 우연히 내가 좋아하는 취미를 찾을 수 있지. 가까운 주변에서, 일상 속에서 얼마든지 시작할 수 있다고 말해 주고 싶어. 또 한 가지 방법은 어린 시절에 좋아했던 취미를 떠올려 보는 거야. 블록 맞추기를 좋아했을 수도, 그림 그리기를 좋아했을 수도, 무언가를 만드는 걸 좋아했을 수도 있어. 어렸을 때는 푹 빠져서 하던 활동들이 나이를 한 살, 두 살 먹어 가면서 뒷전으로 밀려나게 되지만, 예전처럼 다시 시작하다 보면 잊고 있던 즐거움을 느끼기도 해.

나의 경우는 그림 그리기였던 것 같아. 어렸을 적 만화를 무척 좋아했는데 나이가 들면서 시간을 내어 그림 그릴 일이 없었거든. 그러다 그림 그리는 앱들을 알게 되면서 어디서나 간편하게 그림을 그릴 수 있게 되니 예전처럼 즐겁더라고. 이렇게 찾다 보면 우리 주변에 즐길 수 있는 취미들이 꽤 많다는 것을 깨닫게 될 거야.

취미를 만든다는 것이 거창하게 들릴 수 있겠지만 사실은 우리가 즐겁게 할 수 있는 일들을 찾으면 되는 간단한 일이야. 각자의 성격과 취향이 다르듯 사람마다 즐거움을 느끼는 분야도 여러 가지이니 음악 듣기, 게임하기 외에도 더 많은 경험과 시도를 겪길 바라. 취미로 시작해서 직업이 되는 경우도 많은걸. 물론 좋아한다고 해서 모두 그 직업군으로 가는 건 아니지만 생각보다 덕업일치를 하는 경우가 많아.

야구를 좋아해서 구단 트레이너가 되고, 베이킹을 좋아해서 베이커리 가게 주인이 되고, 차를 좋아해서 엔지

니어가 되기도 하잖아. 혹시 모르지, 덕업일치가 내 이야기가 될지도!

어디에서, 어떤 모습으로 있든지 너희들의 모든 시도를 응원할게.

누군가 지금 이 순간 행복하냐고 질문한다면, 다들 어
떤 대답을 할 것 같아? 곧장 대답이 나오는 사람도 있겠
지만, 안 그런 사람도 있을 거야. 나 역시 대답하기가 괜
히 망설여지고 주저하게 되더라고. 안 행복할 이유가 없
는데, 분명 잘 먹고 잘살고 있는데 이상하게 행복이라는
단어만 나오면 움츠러드는 기분이 들어. 행복이라는 것
은 거창한 상황, 거창한 상태여야 한다는 생각이 있어서
그런가 봐.

국어사전에서 정의하는 행복은 다음과 같아.

'생활에서 충분한 만족과 기쁨을 느끼어 흐뭇함. 또는 그런 상태.'

이런 상태를 겪어 본 적 없는 게 아닐 텐데, 정작 입 밖으로 행복하다라는 말을 내뱉는 순간이 많지 않았던 것을 떠올려 보면, 나에게 행복의 기준이 지나치게 높았던 건 아닌가 싶어. 조금이라도 걱정이 없어야 할 것 같고, 모든 상황과 상태가 안정적이어야 진정 행복하다고 말할 수 있는 게 아닐까, 하는 마음 말이야.

그런데 우리는 행복을 강요받으며 살아가고 있기도 해. 우리나라의 낮은 행복 지수를 꼬집는 미디어부터 행복해야 한다고 강요하는 사회 분위기와, 힘든 일과는 거리가 멀어 보이는 사람들 뿐인 SNS 사진들까지. 이 틈에서 나의 행복은 어디에 있는지 자꾸만 뒤돌아보게 되고, 지금 당장 행복하지 않으면 실패한 인생 같다고 느끼게 돼. 덕분에 우리 각자가 원하는 진짜 가치는 더욱더 왜곡되어 가고, 행복이라는 단어조차 원래 무엇을 뜻하는지 헷갈리게 되고 말지.

특히 요즘 SNS에 만연한 '행복 전시'는 행복에 대한 잘못된 인식을 강화한다고 생각해. 물론 좋았던 순간을 기억하고 추억하는 일은 의미 있지만, 기록과 공유를 넘어 겉으로 보이는 것에 지나치게 중점을 두게 되면 우리 삶에서 중요한 것이 무엇인지 잊어버리기 쉽거든.

그렇다면 우리는 어떻게 해야 할까? 각자가 생각하는 '나의 행복'은 무엇인 것 같아?

나는 지금까지 행복을 너무 어렵게만 생각했어. 너무 거창해서 함부로 말하면 안 되는 것처럼 말이야. 그런데 행복은 크기보다 빈도가 중요하다더라고. 사소하지만 기분 좋은 일이 자주 일어났을 때 그것 또한 행복이라고 할 수 있지.

행복이 그렇게 거창한 일이 아니라면, 괴로움이 없는 상태도 행복이라고 말할 수 있다면, 행복하기 위해 엄청난 노력이 필요한 것은 아닐 거야. 우리가 매일 숨 쉬고 살아가는 이러한 일상도 그 자체로 충분할 수 있는 거지. 그래서 내가 좋아하는 것을 일상 곳곳에 심어 놓는 것부터가 좋은 출발이라고 생각해. 일상에서 자주 그리고 쉽게 행복할 수 있도록 말이야.

내가 좋아하는 것들은 푸른 잔디밭에 앉아 나뭇잎 사이로 살랑이는 바람을 느끼며 책 읽는 시간, 바쁘고 힘든 하루 끝에 먹는 맛있는 떡볶이, 조용한 밤에 따뜻한 차를 마시며 쓰는 일기, 좋아하는 친구들과 함께 수다를 떠는 시간 등 마음만 먹으면 지금 당장이라도 할 수 있는 일들이지.

자, 이제 너희가 좋아하는 것은 무엇인지 한번 적어 보자. 뭐든 상관없어. 게임일 수도 있고, 만화일 수도 있고, 영화일 수도 있어. 각자의 하루를 풍성하게 만들어 주는 것이라면 무엇이든 좋아.

그리고 또 하나. 행복해지기 위해서는 무엇보다 잘 쉬는 것이 중요해. 충분히 쉬지 못한다면 바쁘게 돌아가는 일상에서 사소한 행복을 찾을 여유를 갖기 힘들거든. 휴식을 통해 잊고 있던 일상의 소중함을 느끼게 되기도 하지.

내게도 휴식은 무엇보다 필요한 시간이었어. 평일엔 교사로, 주말엔 유튜버와 작가로 일하며 바쁜 일상을 살아가다 보니 마음이 조급해지고 팍팍해지는 것이 느껴지더라고. 바쁜 하루를 보내고 짬이 날 때는 부족한 잠을 채우는 게 우선이어서 좋아하는 것을 위해 시간을 보낼 마음의 여유가 충분하지 않았어.

매주 올리는 유튜브 영상 편집이 점점 버거워지자 휴식이 정말 간절해지더라고. 내가 즐기지 못하고 행복하지 않으면 결국 스트레스가 될 뿐이야. 그렇게 한 달 정도 유튜브를 쉬면서 몸과 마음을 회복하자 가장 먼저 느낀 건 내가 얼마나 영상 편집을 즐거워 했는지였어! 매주 업로드하는 것이 쉽진 않았지만 그럼에도 불구하고 완성 후 느끼는 뿌듯함이 컸어. 구독자들과 댓글로 소통하는 것 또한 작지 않은 기쁨이었지. 휴식을 통해 다시 일의 즐거움과 소중함을 느낄 수 있었던 거야.

지금 나는 학교를 잠시 휴직하고 미국에서 머물고 있어. 가족의 일 때문에 부득이하게 휴직을 하게 되었는데, 덕분에 삶을 돌아볼 수 있는 계기가 되었어. 사실 몇 년 동안 고등학교 3학년 학생들을 가르치다 보니 머릿속에 무의식적으로 등급, 입시, 대학교와 같은 단어들이 가득해지더라고. 물론 중요한 일이지만 내가 꿈꾸었던 교사란 무조건 '입시'만을 외치는 모습은 아니었거든.

그래서 내가 어떤 교사가 되고 싶었는지, 학생들한테 전하고 싶은 이야기는 무엇인지 생각할 시간이 필요했고, 이번 휴직을 기회 삼아 그에 대한 생각을 더 깊이 해볼 수 있었어. 바쁜 일상에 매몰되어 있다 보면 나의 어떤 면이 고장 났는지, 무엇이 필요한지 모를 때가 있거든. 그럴 때 한 걸음 떨어져 일상을 바라보면 비로소 보이는 것들이 생겨. 매일같이 수업 준비, 출결 문제, 상담, 생기부 작성 등으로 바쁘게 보내던 시간에서 벗어나 온전히 나만의 시간을 갖게 되자 학교에서의 시간이 얼마나 즐거웠는지도 알게 되었지. 비록 마음이 힘들었던 순간들도 있었지만 성장하는 학생들을 곁에서 볼 수 있다는 건 정말 특별하고 소중한 경험이거든.

그렇게 마음의 여유가 생기자 나의 행복을 위해 다시 교사로서 최선을 다하고 싶다는 생각이 들었어. 만약 휴직하고 나를 돌아볼 기회가 없었더라면 바쁘게 흘러가는 일상에 기진맥진해져서 이런 감사함을 놓쳤을 거야.

물론 누군가에게는 잠시 쉬어 가는 것도 큰 용기일 거야. 나 역시 유튜브 채널을 쉴 때만 해도, 휴직을 결정할 때만 해도 '지금의 선택이 맞는 걸까' 고민했거든. 그런데 막상 쉬어 보니 마음이 재충전되면서 더 잘할 수 있겠다는 확신이 생겼어. 마냥 힘들게만 느꼈던 모든 것들이 감사하고 즐거운 일로 여겨지고 말이야. 휴식이 멈춤이 아닌 새로운 시작이 될 수 있다는 것을 꼭 말해 주고 싶어.

마지막으로 하나 덧붙이자면 행복해지기 위해서는 나의 하루와 일상을, 삶을 사랑할 수 있어야 해. 내 하루가 마음에 안 들고 달갑지 않다면 어떻게 행복할 수가 있겠어. 그래서 나의 행복을 바라는 마음으로 삶을 가꿔 나가기로 했어.

그런 마음으로 집에서 혼자 밥을 먹을 때도 제일 좋아하는 그릇에 담아 먹기도 하고, 배달이나 포장 음식을 먹는 날에도 그릇을 꺼내 와 예쁘게 담아 먹어. 마치 나 자신을 대접하는 느낌으로 식사를 하면 기분이 참 좋더라고.

집에 손님이 오면 깨끗하게 청소도 하고 맛있는 음식을 예쁜 그릇에 담아 드리잖아? 하다못해 간단한 다과를 대접하더라도 말이야. 그런데 막상 나를 위한 식사를 차릴 때는 대충이라는 말로 모든 과정을 생략해 버리곤 해. 가장 소중한 나를 내가 소중히 대하지 않는다면, 누가 나를 소중히 대하겠어.

각자만의 방식으로 자신의 행복을 위해 앞장섰으면 좋겠어. 나에게 맛있는 음식을 대접하고, 혼자만의 시간을 가져 보고, 충분히 휴식도 취하고 좋아하는 일들을 하나씩 해 나가면서 말이야. 그러면 누군가의 질문에 당당하게 말할 수 있지 않을까?

나, 행복하다고 말이야.

내 꿈의 플레이리스트

ⓒ 홍이영, 2024

초판 1쇄 인쇄일 2024년 8월 23일
초판 1쇄 발행일 2024년 9월 3일

지은이   홍이영
펴낸이   정은영
편집   장혜리 방지민 최찬미
디자인   강우정
마케팅   최금순 이언영 연병선 윤선애 송의정
제작   홍동근

펴낸곳   (주)자음과모음
출판등록 2001년 11월 28일 제2001-000259호
주소   (10881) 경기도 파주시 회동길 325-20
전화   편집부 02) 324-2347 경영지원부 02) 325-6047
팩스   편집부 02) 324-2348 경영지원부 02) 2648-1311
E-mail   jamoteen@jamobook.com

ISBN   978-89-544-5141-3 (43810)